分支游戏大冒险之 网游危机

杨 翊 著

中国社会出版社

故事阅读引导

亲爱的小读者，在阅读本套丛书的时候，你不但可以开动脑筋，解答小主人公们遇到的一个又一个谜题，还可以帮助他们在重大抉择之时，选择不同的分支情节，进行不同的分支冒险。这时候，你需要根据书中所列出的选择项，翻到选择项所对应的页码继续阅读，直至看到某一分支的结局。然后你就可以回到最初抉择的地方，换一种不同的选择，跟随小主人公们再次经历另外一种冒险了！每个结局都有机会得到称号或是礼物，记录下你第一次的结局。去跟你的小伙伴们比一比吧，大家一起来分享，会让冒险更加有趣。

故事梗概

GUSHI GENGGAI

为了营救昏迷不醒的孔绛冰，海大富和陆军进入到网络游戏《英雄宝贝》中，他们结识了女玩家小燕子，完成了一个个游戏任务，经历了斗技场、植物迷宫等艰难险阻，最后终于救出孔绛冰，并在电脑病毒白骑士的帮助下粉碎了网络游戏幕后的阴谋。

冒险分支页码一览

果子城糖葫芦小学最近似乎在流行一种奇怪的“瘟疫”，不断有同学请假不来上学了，起先只是一两个人，可两周之后，已经发展到几乎半个班的座位都是空着的。

就连身体好得像男生似的田七七以及新近加盟探险俱乐部的孔绛冰都请假不来了。

海大富、田七七、陆军三个人都是少年探险俱乐部(CEC)的元老，后来，俱乐部的成员又多了个转校生孔绛冰。四个小探险家都有绰号：田七七喜欢吃辣椒，性格泼辣，绰号就叫“小辣椒”；海大富人长得肉肉乎乎的，总是熬夜读书或做实验，眼圈一天到晚黑黑的，还戴一副黑框眼镜，绰号就叫“大熊猫”；陆军身手敏捷，是运动健将，再加上他肤色黝黑，绰号就叫“小黑豹”；孔绛冰总是酷酷的模样，冷冰冰的面孔，他最喜欢吃冰激凌，绰号就叫“冰激凌”。

“真奇怪，你说这些人都跑哪儿去了？不会是为了躲避期中考试吧？”下课时，陆军问海大富。

“我也奇怪呢，现在是夏天，又不是冬天，不该爆发

流感啊！”海大富想了想又说，“不过，我注意到请假的同学都是平常特别爱玩儿电脑爱上网的！”

“是啊，孔绛冰就爱上网，他还喜欢编程序，要不，今天放学咱们去看看他俩？”别看陆军平时总跟孔绛冰吵架，但现在孔绛冰不在，他还觉得有点儿寂寞了。

“好，就这么定了！”

放学后，海大富和陆军按照最佳行进路线先去了田七七家，按了门铃之后，对讲机里传出田七七沙哑的声音。

“你怎么啦，七七？得什么病了？”两个男生关心地问。

“别提了，昨晚吃多了拌辣椒酱的意大利面，今天拉肚子，脸上也起了好多小红包，所以……我就不开门了……谢谢你们看望我，再见！”

听了田七七的话，海大富和陆军抱头大笑，“这个‘小辣椒’，终于也吃到辣椒的苦头了！”

随后，两个男生就朝孔绛冰家走去。

孔绛冰的家海大富和陆军曾经去过一次，豪华得就像王宫，因为孔绛冰的爸爸是做全球贸易的大富翁，家里有的是钱。孔绛冰转学到糖葫芦小学，也成为这所小学里最富有的学生。

两个小家伙在铁栅栏围成的大门前按了门铃，不一会儿，老管家杜爷爷就来开门了。

“杜爷爷好，我们是来看望孔绛冰的，他是不是病了？”海大富问。

“哦，是你们啊，进来再说吧。”

杜爷爷带着海大富和陆军来到孔绛冰的卧室。

一看到孔绛冰的模样，两个孩子都吓了一大跳，只见孔绛冰躺在床上，脸色苍白，像具尸体似的动也不动，头顶还戴了一个奇怪的橡胶头盔。

“孔绛冰！孔绛冰！我们来看你啦！”陆军大声说。

“你怎么啦？”海大富也问。

可是听了两个朋友的话，孔绛冰一点儿反应也没有，眼睛紧紧闭着。

“这到底是怎么回事？孔绛冰是生病了不能开口还是睡着了？”海大富转头问杜爷爷。

杜爷爷叹了口气，讲起事情的经过。原来就在两周前，孔绛冰买回来一套最新发行的网络游戏，每天放学回家，他都要把自己关在房间里玩儿这个游戏。起初还好，玩儿的时间绝不超过两个小时，而且也能保证是在写完作业之后才去玩儿，可过了几天，他玩儿游戏的时间越来越长，有的时候，到了吃晚饭的时间他甚至只吃两口米饭就又跑回房间玩儿游戏了。两天前的晚上，杜爷爷听到孔绛冰的房间里突然传出嘭的一声，忙推门进来看，发现孔绛冰晕倒在地上，头上就戴着这个头盔。

“唉！他的父母现在都在国外谈生意，只有我在这里照顾他，可是发生了这样的事情，我真不知道该怎么向他的父母交代！”杜爷爷愁眉不展，一脸的苦相。

“别着急，我们帮您想办法。”海大富安慰杜爷爷，然后，他就把目光转向了靠窗户摆放的那台电脑上。

陆军的身体素质是最好的，而且自从跟海大富一起组建少年探险俱乐部，经历了多次探险之后，他也能自觉地向海大富学习。比如这次，当海大富的目光转向电脑的时候，他已经飞身跳了过去，不过由于动作太猛，他险些把显示器撞到窗外去。

“小心！”海大富忍不住大叫。

陆军在空中摆摆手，安安稳稳地坐到电脑椅上。

电脑还开着呢，陆军一晃动鼠标，液晶显示屏就亮了起来，这是21寸的宽屏液晶，画幅宽，色彩鲜艳，看起来非常的过瘾。

“用这台电脑玩儿游戏肯定特别爽！”陆军感叹道。

海大富站到陆军身后，也对着液晶显示屏仔细看了起来，忽然，海大富拍着陆军的肩膀惊叫了一声，“你看那个游戏入口！”

陆军暗暗埋怨自己粗心大意，功劳又让海大富抢去了！

“这是孔绛冰留给咱们的信息吗？”陆军回头问。

救命！

海大富点点头，“我想是的，他现在最需要我们的帮助，我猜他的昏迷一定跟这个网络游戏有关系。”

海大富在电脑上操作了一下，发现孔绛冰在昏倒前还没有退出这个游戏，可是孔绛冰操作的游戏人物到底在哪里呢？

“会不会在这里？”陆军猜到了海大富的心思，在屏幕上指出一个地方，那是一座修建在山谷中的黑色牢房。

海大富把鼠标点过去，立马跳出一行字：“冰冰已经被关在牢房里，30天后执行绞刑，禁止一切操作！”

“绞刑！！”海大富和陆军一齐叫起来。

“该不会……”陆军捂着自己的嘴巴，不敢往下说了。

海大富说出了陆军没有说出来的话，“是的，我们必须抓紧时间想办法营救他，也许在网游中被执行了绞刑，现实中的孔绛冰也会失去生命！”

30天！只有30天的时间！两个善良的小男生可不愿意失去他们的朋友！

一直守候在一旁的杜爷爷着急了，可他什么办法也没有，只好搓着双手问两个小家伙：“你们看，我能做点儿什么？”

海大富说：“杜爷爷您先别着急，我猜孔绛冰戴的头盔就是网络游戏里面用的头盔，不知道他这个游戏是

在哪里买的，我和陆军每人都需要一套这样的游戏和相关的游戏装备。”

“你看看少爷的抽屉吧，我看到他把买回的游戏相关资料都放进了那个抽屉。”杜爷爷指指写字台最中间的抽屉。

海大富把抽屉拉开，里面乱七八糟的，放了不少游戏杂志和游戏攻略宝典，在这些杂七杂八的书下面，海大富终于找到一个蓝色的塑料袋，上面写着《英雄宝贝》。

“就是这个啦！”海大富说着把塑料袋里面的东西全部倒在桌子上。里面有游戏安装光盘、游戏点卡、游戏说明书等等。游戏说明书的封面最下边就写着这套游戏的售卖地址。

海大富赶紧把这个地址指给杜爷爷看，杜爷爷点点头转身派人去买游戏。

趁着这段时间，海大富开始阅读游戏说明书，熟悉这个游戏的玩法。不能不承认，这是个很精彩的游戏，仅仅阅读这些文字性的说明就已经深深把海大富吸引住了。

陆军也凑过来看，他平常也偶尔会玩玩电脑游戏，只不过都是体育竞技类型的，比如竞技篮球、竞技足球什么的。

“对了，何不把田七七也叫过来？”陆军说。

“女孩子还是算了吧，她们只会玩养宠物的游戏。”海大富这样解释，但其实他心里有另外一个想法，这个网络游戏或许很凶险，孔绛冰现在躺倒在床上就是最好的证明，他不希望让田七七也卷入到这场危机之中。

没用多久，杜爷爷就把两套游戏买回来了，果然是配有头盔的，海大富和陆军分别把头盔戴上试了试，大小正合适。

“会不会有危险啊？还是报警吧。”杜爷爷还是不放心。

“没有时间了，等到警察走常规程序来立案调查的话，孔绛冰可能就没得救了！”海大富说。

“只好这样了。”杜爷爷去厨房叫厨师们准备丰盛的餐点犒劳两个小探险家，按陆军的话讲，就是吃饱了肚子才好上战场！

“酒足饭饱”之后，陆军和海大富就戴好头盔坐在了另外两台刚从其他房间搬过来的电脑前(孔绛冰家有的是电脑，开个小型网吧都富余)。

在注册登录到游戏前，海大富叮嘱陆军说：“千万别莽撞，安全第一。”

“放心好了，我就跟在你这个智多星旁边，需要武力解决的事情就交给我！我的电脑操作技术绝对是一等一的！”陆军挥舞着拳头，慷慨激昂地说。

海大富预感到这次在虚拟世界中的冒险可能比以

往任何一次冒险都要残酷，而参与冒险的人数又很少，所以必须加倍小心！

两个小家伙最后还深情地握了握手，搞得有点儿像生离死别。

“游戏里见！”陆军说完戴上头盔。

这个头盔很神奇，是高科技游戏产品，它通过某种信号刺激脑神经，令大脑产生错觉，就好像整个人真的置身于虚拟游戏世界中。

此时，海大富和陆军一同出现在游戏中的新手村这个地方。新手村，顾名思义就是新手待的地方，所有游戏玩家一开始都会出现在新手村。

时间不多了，两个小家伙首要的任务就是先找到关押孔绛冰的黑色牢房。

从说明书上，海大富得知，新手村的村长可以给所有新人提供帮助，有问题就去请教他好了。

游戏里面的各种景物都很逼真，村长家外面还有一只老母鸡，在咯咯嗒嗒地叫唤，两个小家伙一走过它身边，母鸡就吓得赶紧跑到一边去了。

“村长，村长！”陆军的性格是浑不吝，进门就喊。

村长还在床榻上睡觉呢，被陆军这一嗓子吼了起来，揉着眼睛问：“出什么事情啦？着火了吗？”

“没着火，我们是新人，有事情找您。”海大富冲村长敬礼。

“哦，你们来得可够早的！”村长打着哈欠说。

海大富看看计时器，原来游戏里面的时间现在刚刚凌晨5点。

村长从床上坐起来说：“不管你们找我问什么问题，每问一个问题之前，都要先给我一个鸡蛋。”

陆军还要说什么，海大富却拉上他快速出了村长家的门。

“还要鸡蛋？典型的敲诈嘛！”陆军愤愤不平地说。

海大富说：“游戏里就要遵守游戏的规则，反正我知道哪里可以找到鸡蛋。”

虽然捉母鸡不是陆军的长项，但是相比海大富他还是身手更加敏捷，所以这个重担就落在了他的身上。

母鸡呼扇着翅膀，咯咯嗒咯咯嗒叫着跑来跑去，最终还是没有逃过陆军的“魔掌”。

陆军把两枚白灿灿圆滚滚的鸡蛋举到眼睛前面，嘿，看上去还真像个少年奥特曼！

再次回到村长家，海大富提出了他的问题：第一，关押孔绛冰的黑色牢房在什么地方？第二，如何打开这个牢房把里面的人放出来？

对于第二个问题，村长说他也不知道，只有到了那里才能想出办法来。对于第一个问题，村长给了他们一张地图，所有游戏中的重要地点都在地图上标明了。

GAME MAP

有了这张地图，海大富心里就踏实多了，可是在游戏进程中还会遇到什么危险那就不好说了，海大富记得游戏说明书里提到过一种长翅膀的小精灵，把它带在身上一同游戏，可以随时解答玩家在游戏中遇到的各种问题。

于是，海大富和陆军两个来到了新手村西边的精灵花园，这里飞舞着许许多多的小精灵，每人可以挑选其中一只带在身上。

精灵花园美丽得就像梦境。花园正中间是一条蜿蜒的清澈透明的小溪，它是从假山上流下来的，流到假山下敲打着绿盈盈的石头，发出叮咚的响声。远处影影绰绰是葱茏的群山和一大团可望不可即的绿云。金亮亮的阳光洒在那些五颜六色的花朵上，耀眼夺目。周围一圈开着白花的小树的树冠好像胖嘟嘟的大蘑菇，成群的黑蚂蚁就在小树下做窝。小鸟的叫声从树梢上唧唧喳喳地传过来，近处还有穿着斑斓彩衣的蜂鸟振动翅膀的噗噗声。

可是小精灵呢？小精灵在哪里？

这一回是陆军眼尖，他发现了小精灵，它们原来藏在那里！

海大富和陆军都有点儿羡慕这些美丽的小精灵了，它们躺在花蜜中闻着花香，这简直是神仙一样的生活啊！

海大富挑了一只绿色的小精灵，据说绿色代表智慧。陆军则挑选了一只富有活力的黄色小精灵。

有了小精灵，现在有什么问题可以直接问小精灵，这比捉老母鸡拿鸡蛋买村长的答案要省事多了。

小精灵告诉两个少年，要想在游戏里排除千难万险一路前进，除了不断累积经验值进行升级外，还要储备足够的金币，正所谓有钱能使鬼推磨，没钱寸步难行。

为了挣够旅途中要花的盘缠，海大富和陆军两个装备了最低级的新手铠甲和刀剑，到新手村东边的旷野去打一种好像肥皂泡一样的泡沫妖怪。

两个小家伙都很聪明，在打怪的过程中，不断提升自己的格斗技巧，现在海大富已经能做到一刀一个地消灭泡沫妖怪，陆军更本事，基本上一剑两个。两个人俨然已经成为古代的大侠了。

小精灵告诉他们，在游戏中可以用飞鸽来进行玩家之间的信息传递。于是，海大富决定先给孔绛冰发一封飞鸽传书，他在信里写道："我和陆军已经进入游戏来救你，你一定要坚持住。"

按动悬浮在空中的虚拟发送钮，一只雪白的鸽子就从人物的背包里飞出来把这封电子书信带走了。按照游戏规定，根据通信两地距离的远近会花费相应的传送时间，这封信大概两天后可以到达黑色牢房。

一切准备就绪，海大富和陆军开始踏上旅程，在游戏中也有白天夜晚和气候冷暖的分别。此时此刻，正是夜晚，满天的繁星一闪一闪，和一轮明月一起照耀着前方的道路。

从新手村出来没有多久，两个人就来到一座城池前面。城墙很高，是用高大的青色砖石垒起来的，宽大的吊桥，城垛上架着弓弩，巨大的带门钉的城门，这一切仿佛让人置身在古代的战场中。

城门口的士兵在盘查过往的行人，好在他们只是检查，并不收门票。

海大富和陆军上前接受检查，没有被查出什么违禁物品，不过士兵询问两个小家伙是什么职业，这倒难住了他俩。

“还要报职业吗？”陆军小声问海大富。

“我也不知道，看看精灵怎么说。”海大富轻轻拍拍肩膀，那精灵小绿正趴在他肩膀上睡大头觉，还发出低低的鼾声。

“啊……”精灵小绿呼扇着翅膀打了个哈欠，然后才懒洋洋地告诉他们这里是新手城，在游戏中路过每个城池，都要在城池里选择一份职业来做，并且完成所选职业的职业任务，才能离开那座城池。

“那咱们到底要选什么职业呢？”陆军问。

海大富眼珠一转，忽然说：“对了，咱们在家里都帮爸爸妈妈干过家务活，我还会摊荷包蛋以及简单的几个

炒菜，咱们就当厨师吧。”

“可我就会切菜，油锅那么烫，我可不敢碰。”陆军忙摆手，其实陆军并非真的怕烫，只是不屑于做饭，觉得那种事情跟男孩子没关系，都是女孩子过家家玩儿的。

“没关系，那你就当我的助手好了。”海大富说。

两个小家伙向士兵报上自己的职业：厨师，以及厨师的助手。

士兵给了他们一个任务：要他们做出令新手城城主满意的一顿晚餐。

海大富笑着说他想起了达·芬奇画的那幅举世闻名的画作——《最后的晚餐》。

要做菜不难，难的是一切食材都要自己找，根据精灵的提示，两个小探险家来到了位于新手城北边的农场寻找食材。

只见农场有足球场那么大，外面围了道黑色的泥巴墙，一股稻草的香气令陆军感到一阵心旷神怡。这里阳光灿烂，照耀着墙内金黄的谷堆，谷堆上麦粒颗颗，一只毛羽鲜亮的大公鸡站在谷堆的山包上引颈高歌，谷堆前面是两个稍小的麦草垛，一群肥大的母鸡在稻草中刨食。再往远处看，还有一群长毛牛在房廊柱子上拴着，天太热，长毛牛一头头都无精打采地垂着头反刍。而拴牛的柱子上已经沾满了牛毛，房廊墙壁上也涂了一块块的牛粪。

刚刚还心旷神怡的陆军看到牛粪忙不迭捂住了鼻子。

海大富说："你别嫌牛粪臭，牛粪的用处可多着呢！"

陆军依旧捏着鼻子，说："我怎么看不出来这一团黑糊糊的东西有什么用处呢？"

不过，在海大富面前，陆军总是表现得虚怀若谷，他虚心求教说："我想不出来，但你一定能够告诉我答案。"

海大富抿嘴一笑，"其实牛粪有很多用途，告诉你一样比较特殊的吧，牛粪还能帮助造酒，有个蓝山县就特产牛粪酒。"

"牛……牛粪酒？"陆军连鼻子都快笑歪了。

海大富严肃地说："牛粪酒的制作过程是这样的：首先选用优质糯米为原料，用特制的大木桶蒸熟以后，掺和酵母，用缸盛起来，半月后倒入甘甜可口的井水，并配以多种名贵药材酿造；待酒酿好后，把酒倒入缸口较小的陶瓷缸里，用干净的布封住缸口，盖上盖子，再用水泥或石灰涂上，以防漏气；然后，在牛圈中牛粪较多的地方挖一个洞，置缸于洞中，用牛粪垒好。经过半年或者更长时间以后，把酒取出来，这时候，酒液就变成像牛粪一样的颜色——深褐色。"

讨论完牛粪，两个小家伙开始寻找奶牛，因为海大富打算做个蛋糕，需要牛奶和鸡蛋。

奶牛很不好找，整个农场里才有一头奶牛。

奶牛找到了，但挤牛奶又成为一个难题。海大富在乡下二姑妈家见过挤牛奶，但现在他想不起来了。最令人头疼的是，面前这只奶牛很不配合，总是时不时把蹄子抬起来，做出要尥蹶子踢人的动作，有好几次，陆军跟海大富都差点儿被它踢个跟头。最后，陆军冒着被雪白的牛奶滋一身的危险，终于挤到了一瓶牛奶。

相比之下，鸡蛋就好找多了，在母鸡窝里他们拿到好几个又大又圆的红皮鸡蛋。

两人回到新手城他们要工作的地方——城主府的厨房。

厨房很大，厨师有二三十个，当然，他们都是别的玩家扮演的，这些厨师的任务跟两个小家伙的差不多，就是要让城主吃得满意。陆军小声嘀咕说，城主一定是个贪吃鬼！

发牢骚归发牢骚，陆军的刀功还真是不错，葱花切得上下纷飞。一盆葱花切好后，陆军低头轻吹自己在道具店里新买的这把菜刀，那姿势就像武侠小说里的顶级高手——西门吹雪。

“你的菜刀不错嘛！借来用用可好？”陆军身后忽然响起一阵银铃似的声音。

陆军回头一看，只见面前是一个漂亮的小女孩儿！看模样也就十岁，一双黑豆子一样的眼珠在桃核形的眼

眶里咕噜噜转个不停，两片薄薄的嘴唇缀满朱红，像是三月里初绽的桃花，一个小巧的鼻子立在小脸正中央。她伸出小手揉揉自己的鼻头，又说："问你话呢！你是聋子吗？"

"嘿，没大没小的小丫头。我这岁数能当你哥你知道吗？"陆军不服气地撇撇嘴。

"那你是不愿意借喽？小气鬼！"女孩子把小脸一扬，露出脖子上系着的一根丹红色的珠串，更衬托出她脖颈的白嫩。

"我没说不借啊，先说说你一个女孩子家要菜刀做什么？"

扑哧一声，女孩子笑出来，"瞧你这话说的，要菜刀当然是用来切菜啦。放心，你这么聪明的脑袋，我才舍不得切你呢！"女孩子说完还用小手在陆军的脖子上比画了一下。

陆军感觉脖子上一阵冰凉，吓了一跳，很快发现只是她的手，这才松了一口气。

"到底借不借呀？我的勺子、铲子都有啦，就缺把菜刀！你这把菜刀挺好看的，我才向你要的，别人的我还不稀罕呢。"女孩子拉着陆军的胳膊开始撒娇。

"借！可我都不知道借给了谁！"陆军把菜刀交给女孩子。

"原来你是想问我的名字啊……我叫小燕子，记住了？你把菜刀借给了小燕子，小燕子我一定会还给你的！”

在这个游戏中有很多属性值的设定，比如杀敌人怪兽要靠你的攻击力，攻击力越高杀怪兽越容易；防御力是防范敌人攻击的能力，最重要的一项数值是体力，体力为0就代表这个游戏玩家死亡；还有魅力值，魅力值越高越容易交到朋友，现在陆军刚把菜刀借给小燕子，他的魅力值就提高了。

小燕子拿了菜刀比画来比画去，让陆军看得心慌，“别伤着自己！”陆军告诫她。

“你也太小看我了！我好歹也学过五虎断门刀的刀法呢！”小燕子说道。

“五虎断门刀？听着很耳熟嘛！”

“就是啊，很厉害的刀法呢，你想不想学啊？”小燕子把菜刀往切菜的案板上一剁，刀把直颤悠。

“你教我？”陆军瞪大眼睛。

“可以啊！虽然我不是五虎断门刀的嫡系传人，但我有他们的刀谱，嘿嘿！”小燕子越说越得意。

“你有刀谱？你哪里弄的？”

“我借的啊！”小燕子明媚的眼睛里闪着笑意。

又是借！陆军心想这女孩子借东西的功夫还真是高强啊！

“那我要不要正式拜师啊？”

“不用啦！看在你借我菜刀的情分上就免费教给你吧！”小燕子用手指绕着乌黑的发丝说。

“我也学，我也学！”海大富端着装满鸡蛋汁的大碗跑过来，刚才他一直在隔壁厨房里打鸡蛋，不过两个人的对话他都听见了。

“不行，你又没借我菜刀！”小燕子把小嘴一撇。

海大富在自己的装备栏和道具栏里查找，只有一顶多余的小毡帽，“我这顶漂亮的小毡帽送你成吗？”

“漂亮什么？黑不溜秋，难看死了！不要，不要！”小燕子连连摆手。

陆军悄悄对海大富说：“算了，我学完再教你还不是一样。”

海大富点点头，“也对。”

小燕子从怀里掏出刀谱交给陆军，这是一本古代式样的线装书，蓝色封皮上写着“山西彭家五虎断门刀刀法”，打开一看，里面一个字也没有。

“咋没字儿呢？”陆军大惑不解。

这时候，系统提示音突然响起：“玩家军军习得五虎断门刀刀法！”军军就是陆军在游戏中的昵称。

“知道了吧？毕竟是游戏嘛，又不是让你真的冬练三九，夏练三伏！”小燕子顿了顿又说：“你虽然学会了刀法，但是没有专门的五虎断门刀也是没法用的！”

“这么麻烦？那是不是我有了刀，但是没学过刀谱

刀法

也不能用啊？”

“正是，二者缺一不可。刀谱可以借阅，但是刀就不能借了，谁拿了谁就能使，装备绑定，这是游戏里的规定。”

“哦，那我不是白学啦？”

“怎么叫白学呢？！想办法弄到刀就可以了！”

“有的卖吗？”陆军想最简单的办法就是直接买它一把。

“唉，可惜，这属于特殊武器，商城里没有卖的，但如果有玩家得到，你可以和他交易，也可以通过完成特殊任务得到。”

“那就只好等待机会了。”

“对了，想不想看看我的厨艺？”小燕子忽然说。

陆军会怎样答复？

A1 不想看

“看女孩子做菜有什么好玩儿的！还不如你看我们耍大刀呢！”陆军嘟囔着说。

小燕子呵呵笑道：“你们男孩子呀就是喜欢打打杀杀的，你们的功夫如果真这么好，敢不敢去斗技场挑战啊？”

“敢啊！谁不敢谁是小狗！”一听有斗技场，陆军就来劲儿了，非要拉着海大富一起去看看。

因为三个小家伙的级别还比较低，所以他们只能进入低级斗技场。在这里可以结交其他玩家，也能在战斗中提高等级，如果取得头名的话还可以得到不菲的奖金和斗技场称号。

低级斗技场的形状是椭圆形的，被油漆刷成了橘红色，围墙都是用大理石垒起来的，正中间一道连拱，共十三道拱门，中间的那道拱门是斗技场主要的进出口，三人就是从那个拱门进入的。

这时候，一个斗技场的服务员热情地走过来跟三人打招呼。

“我们要参加斗技竞赛。”小燕子说。

“是的，是的，来这里的人都是来参赛的。你们三人都参加吗？”服务员问。

“是的。”

“好吧。”服务员掏出个小本做了记录，然后说：“你们都被分在了B组，请跟我来。”

根据抽签，海大富要第一个出场比试。

他显得有点儿信心不足。陆军鼓励说：“不用担心，记住你是国宝！”

“还开玩笑！”海大富瞪了陆军一眼，然后笨拙地跳上擂台，国宝可不管用，除非我是功夫熊猫，海大富这样想。

海大富的对手也上了擂台，他足足比海大富高出一头，嬉皮士的头型，手里舞着两把好像是死神的镰刀。

当当当……铜锣敲响，斗技比赛正式开始！

海大富扮的这个人物擅长的是远距离攻击，所以，他总是等嬉皮士一靠近自己就往旁边腾挪闪跳，距离一远，他的飞刀就会出手。

随着打斗的进行，海大富也对自己越来越有信心了，他的飞刀又快又准，已经打下了嬉皮士不少的血，最后一刀刚好把他头顶上一截突出来的头发削掉。

嬉皮士最心疼自己的发型，哭叫着说：“不玩儿了，不玩儿了！”然后跳下了擂台。海大富取得胜利。

第二个出场的是小燕子，她手里握着两把菜刀，自称这叫双刀流，很厉害的流派！

小燕子的对手是六耳猕猴，名字虽然很玄乎，但其实就是个身材瘦小的男孩，头上套了个六耳猕猴帽子。海大富看了暗暗发笑，觉得这个六耳猕猴实在是名不副实。

六耳猕猴迈着四方步，昂首挺胸蹬到斗技台周围的绳栏上，然后，他还做了个电影《泰坦尼克号》里面的经典动作，张开手臂，好像在迎风呼吸。

“噢……噢……”观众们都在为他呐喊加油。

是的，斗技台的下面还有很多看热闹的观众，有许多还是场上竞技选手的拉拉队。

陆军听出来六耳猕猴是斗技场上的常胜将军，他愤愤不平地说：“怎么没人给小燕子加油啊！”然后他跳得高高的，隔着人群为小燕子喊加油。

小燕子却不在乎观众的叫喊，稳稳把两把菜刀一举，就来了一招“白鹤亮翅”，紧接着是“金鸡独立”、“马踏飞燕”、“丹凤朝阳”……一路刀法下来，刀光闪耀，把原本还在冲观众席煽情的六耳猕猴逼到了擂台的角落里。

六耳猕猴专门在各个小型斗技场上混，是个挣奖金

的职业斗技人，今天他是头一回遇到对手，一上来就被小燕子攻了个手忙脚乱，额头上也滚下豆大的汗珠。

比起身形飘逸的小燕子，六耳猕猴上蹿下跳的狼狈模样好像热锅上的蚂蚁。

小燕子右手的菜刀忽然间交到了左手上，然后右手在腰间一拍，就见她的袖口里飞出了一群白鸽，白鸽在空中兜了半圈，集体扎猛子般往六耳猕猴的胸口攻去。只听啊的一声大叫，六耳猕猴手中的兵器就掉落在地上。小燕子踏上一步，一脚将他踹倒，收了鸽子。

这时候，裁判在台底下开始数数，一直数到十，六耳猕猴还是没能站起来。就这样，小燕子也取得了胜利。

最后该压轴的陆军出场，他都等得有点儿不耐烦了，噌的一下就跳上了擂台。

紧接着擂台上响起一阵脚步声，那脚步声异常沉重，就好像过坦克一样。

陆军凝神一看，差点没笑喷了，只见那个对手长得又矮又矬，挺着一个西瓜肚，把肚脐眼儿都凸出来，更可气的是他还穿了一件露脐装！此外，那人头戴一顶瓜皮小帽，绿油油的还有个小瓜辫，小瓜辫朝天撅着，仿佛一根不死不活的草。他脖子上还挂了个牌子，上面写着“西瓜太郎”，这大概就是他的“名片”了！

“喂，你欣赏够了吗？快亮兵器吧！”西瓜太郎说着亮出自己的兵刃，是一把锋利的西瓜刀。

陆军不再客气，刷地抽出了长剑。西瓜太郎并不惧怕，他表情镇定，一晃身形，就地一滚，只见他那瓜皮小帽上光晕骤闪，一支暗箭向陆军射来。

原来西瓜太郎的绿帽子里别有乾坤，这一招暗箭伤人实在够卑鄙！幸亏陆军全神贯注，只见他凌空一跃，直飞向斗技台后面的空地。可就在半空中，陆军忽然想起，如果被打出擂台也算输啊，他忙挥剑在绳栏上轻轻一点，一个鹞子翻身，在空中划过一条美丽的弧线，又飘回到斗技台上。

这些腾挪技法是陆军刚刚升级以后领悟到的，只是还缺少实战经验，操作不太灵活，因此落下来的时候就稍微重了一些，一下没站稳，摔了个四仰八叉，可这跟头也是摔得巧了，因为那西瓜太郎正好往陆军的头顶踢来，这一摔刚好又躲过了那条泥腿。

陆军看准西瓜太郎肚脐眼儿处的空当，长剑顺手挥去，剑刃上漾起一道银色飞芒，如同一道绚烂无比的虹光，直往西瓜太郎的肚脐正中迅捷地划去。

"我的肚脐眼儿！"西瓜太郎大叫一声，又使开地堂腿，把陆军的长剑踢偏，可是肚子上还是被划了一道口子，掉了不少血。

见对方受伤行动迟缓，陆军更不迟疑，趁热打铁，又是一剑照着西瓜太郎的瓜皮帽刺去，但就在陆军长剑已经刺到帽子里的时候，西瓜太郎又使了一招金蝉脱壳，

帽子不要，一个驴打滚儿，双手不知从哪里抓出一对西瓜锤来，仿佛擂鼓一般照准陆军的两肋就是一击。

“下去吧！”陆军一声大吼，身子往后一缩躲开西瓜锤，然后抬脚就踹在西瓜太郎那张西瓜脸上，把他的脸上踹出了红瓤黑籽，西瓜太郎整个人也飞下了擂台！

胜利！

观众们看得群情激昂，都站起来为陆军的精彩招式鼓掌，掌声都快把斗技场馆的房顶掀起来了。

三个小家伙在B组取得了完胜的成绩！

接下来还有颁奖仪式，小家伙们开心地领到奖杯，同时各自的级别也都有所上升。

这时，斗技场的颁奖主持人请小家伙们借一步说话。

小家伙们不知道有什么事情，但看主持人的表情，似乎这件事情很严重。

主持人清清嗓子，神秘兮兮地说：“看到你们三个人这么厉害，我想交给你们一个超级任务，完成这个任务就可以获得游戏世界里最棒的武器和防具，那样几乎可以算是游戏第一高手！”

游戏第一高手？这一称号对于游戏玩家具有非常大的诱惑力。海大富和陆军虽然不在乎这些名利，但想只有自己强大了，才能顺利地把孔绛冰救出来。

“到底是什么样的任务？”海大富问。

“打白鬼！”主持人说着掏出了一张任务卡片，那上面详细写明了完成任务要去什么地方，得到什么道具，简单来说就是跟一个叫白鬼的家伙死磕，只要打败白鬼就算任务完成。

“任务失败会有什么损失吗？”谨慎的海大富又问。

“绝对不会有任何损失的，即使你们没有完成任务，但如果表现得很好，也可以获得我们提供的大量赏金。”主持人媚笑着说。

说实话，小家伙们并不喜欢主持人这张变色龙一样的嘴脸，但为了救孔绛冰他们还是接受了任务。

小家伙们按照任务卡片的指示先来到一个名叫幽灵客栈的地方，幽灵客栈——听听这名字就够瘆人的。这里似乎完全被黑暗笼罩了，看不见一丝阳光，阁楼上一阵一阵有奇怪的声音发出来，卡片上说，他们必须要向这里的某位与众不同的客人打听关于白鬼的消息。大家分头巡查旅馆的房间，好在房间的门上都有一扇透明的窗子，可以看到屋子里的情况。

海大富指着房号是101的屋子说：“这里住的客人很可疑，他可能就是我们要找的能够提供白鬼线索的人，他装模作样地在看书，但是他的书却拿倒了！”

“或许他不识字吧？冒充文化人。”小燕子笑着说：“我倒是觉得103房中的人更加与众不同，黑着灯居然能

幽灵客

看书！”

“他也是做样子吧？”海大富问。

“不，我注意看了下，他是一篇一篇地翻着书页在看，而且手指还一行一行地在书页上划过。咱们不如敲敲103房，问问看。”小燕子说。

陆军点头赞同，他上前敲门，门开了，一个秃顶的男人用书遮住脸，轻声问：“你们找谁？”

“我们找白鬼。”陆军说。

“进来吧。”秃顶男人把大家让到屋里。

“屋子里面这么黑，你为什么不开灯呢？”海大富问。

“因为我是盲人，盲人自然不用开灯读书，盲人开灯那叫多此一举！”

海大富恍然大悟，小燕子刚才所看到的他用手指一行一行地在书页上划过，那是在触摸盲文。

“那么请问您，白鬼在哪里呢？”陆军继续追问。

“你们要找白鬼的话，先帮我把阁楼上的一面镜子拿下来，但是你们只能派一个人去。”秃顶男人说。

小家伙们该让谁去呢？

D1 海大富

海大富大着胆子往阁楼上走去。由于他太胖了，身体的重量压得楼梯木板嘎吱嘎吱作响，在寂静之中就更显得恐怖了。

海大富一只手紧紧捂着胸口，总算是走到了阁楼门口。

里面有个声音，好像是女人在哭泣。那哭声撕心裂肺，听得海大富起了一身的鸡皮疙瘩，他别的不怕，最怕的就是女人哭。可是任务在身，海大富还是硬着头皮推开阁楼的门。

奇怪的是，门一开，哭声就消失了！

屋子里漆黑一片，海大富只能摸索着前进。

忽然，他感到脚下似乎踩到了什么东西。然后，身后的门就嘭的一声关上了。

屋子里一下子亮堂起来，海大富这才发现自己踩在一面镜子上，而四周墙壁全部都是镜子，各种各样的镜子，镜子里的自己或胖或瘦或高或矮，齐刷刷地瞪着自己，每个变形的海大富脸上都现出惊恐的表情。

海大富吓得一屁股坐在地上，他的脸刚好冲向了天花板。

天哪！连天花板上都镶了一面大镜子！

紧跟着，天花板上的那面镜子就朝海大富砸了下来……

（完）本结局得到礼物：哈哈镜。

D2 小燕子

小燕子上了阁楼，里面太黑，她只好借用了楼梯墙壁上插着的蜡烛，一股冷风吹过，烛火轻轻摇晃，此时小燕子的心已经提到嗓子眼儿了。

她忽然想到了三个字——鬼吹灯！

就在她这样想的时候，蜡烛熄灭了，她大叫着往楼下跑，可是楼梯不见了，取而代之的是一片红色火海！

在火海中，小燕子看到一个白色的幽灵慢慢慢慢飘了过来，是白鬼？白色幽灵一张嘴就像是在唱歌，不过唱出来的歌却不那么好听，它伸出了长长的瘦骨嶙峋的手臂朝小燕子身上抓来，小燕子可不愿意被幽灵抓到，她皱了皱眉，只好硬着头皮走进了黑暗的阁楼里。

阁楼里面只有一个地方有光亮，小燕子朝着光亮处走去，惊喜地发现，那光亮所在就是一面镜子，只要把镜子拿下来就可以结束任务了，现在的小燕子一分钟也不愿意多待，谁知道这鬼地方还有什么吓人的东西。

小燕子的手摸到了镜子，突然，镜子表面一闪，一张白花花的脸从镜子里探了出来，那不是小燕子自己的脸吗？

小燕子的手一松，镜子掉到地上摔成了无数碎片。

“不！”小燕子大叫着试图把镜子重新拼好，但这可比拼图游戏要难上一百倍，因为——破镜难圆！

（完）本结局得到礼物：镜子碎片。

D3 陆军

陆军大大咧咧地上了楼梯，他表面镇静，内心里面也是怕得要命。上了楼梯之后，他每走一步都是万分小心，恨不能比蜗牛还慢，走到最后，他索性闭上了眼睛。这样一来，对陆军来说倒是件好事，因为紧跟着出现的许多可怕的东西，他都没有看到，既然没有看到也就不能吓到他了。

陆军推开阁楼的门，走了进去。

他听到一个甜甜的声音在说话。

"你是谁？谁在说话？"陆军低声问。

"你把眼睛睁开来就能看到我啦。"甜甜的声音就在陆军的面前。

陆军摇摇头，"不，你先告诉我，我再睁开眼睛。"

"切，你胆子这么小？"

"这跟胆子没有关系，我就是不想睁眼，大不了我不看你了。"

"那你上来找什么呢？"

"镜子。"

"你看看是这个吗？"

话音刚落，陆军的手里已经多了一样东西。陆军倒是有点儿小聪明，他还是不睁眼，而是靠手摸，大家都知道，镜子的表面非常光滑，很容易摸出来。

于是，陆军小心翼翼地抱着镜子，摸索着离开了阁楼，最后只听到那个甜甜的声音有点懊恼地对陆军说再见。

陆军心里回答道："再也不见！"

陆军不负众望，顺利完成了拿镜子的任务，盲人这才告诉小家伙们白鬼在正北方两百米外的墓地里，并送给陆军一把真正的五虎断门刀。

来到墓地，小家伙们东张西望，白鬼到底在哪里呢？

小燕子小声说："那块墓碑后有一个人，但不知道他是不是白鬼。"

"叫他一声，看他有什么反应。"海大富说。

"让我来！"陆军嗓门比较大，他对着那块墓碑大喊："白鬼——"

只见那个白盔白甲的骑士哗啦一声走了出来，"这么大声音？不知道我在睡觉吗？"

"你是白鬼？"海大富问。

"不，我叫白骑士，白鬼这个名字太难听了吧。"白骑士撇撇嘴。

"这里没有别人，我想你就是白鬼。"海大富说。

"那么你们找我干什么？"

“打败你，这是我们要完成的任务！然后就可以成为第一高手救我们的朋友孔绛冰啦。”陆军抢着说。

“哈哈哈……”白骑士一阵狂笑。

“笑什么？”陆军做了个鬼脸。

“我笑你们不自量力，跟我打，简直就是以卵击石！”白骑士微笑着说。

现在有五虎断门刀在手，陆军如虎添翼，他狂妄地说：“我觉得恰恰是以石击卵！”

“好吧，打嘴仗没意思，你们一块儿上吧！就当是陪你们玩过家家。”白骑士很潇洒地弹了下头盔，发出嗡的一声响。

在网络游戏里面，可以多人组队，以多打少是很普通的一件事。既然白骑士自己都这样说了，小家伙们也不再客气，三个人各自亮出了兵刃。

小燕子走的是轻灵路线，海大富是智慧型攻击者，他还注重结合防御魔法随时为己方三名队员补充体力，陆军则依靠新得来的五虎断门刀把一套五虎断门刀法使得出神入化，他主要负责跟白骑士近身肉搏，也相当于主坦克。

刚开始的时候，白骑士还神闲气定，但时间一长，他的汗水下来了，一招一式也开始捉襟见肘。

三个小家伙在游戏中级别都有提高，特别是经历了斗技场的磨炼后级别更是上升。

就在四个人打得难解难分之际，忽然，那些墓碑底下钻出了许多骷髅手臂，它们显然是在帮助小家伙们，伸出来的手臂全部抓向白骑士的脚。陆军瞅准白骑士胸口的漏洞，一刀砍下，白骑士闷哼一声便摔倒在地上。

"不！"白骑士还想再站起来，但是那些骷髅手臂紧紧把他箍在地上，他又挣扎了两下终于放弃。

这时候，斗技场的主持人忽然从一块灰色的墓碑后面转出来，他有节奏地拍着手说："恭喜你们完成了任务，你们已经成为了游戏第一高手！这个白鬼就交给我们来处理好了。"

"卑鄙！"白骑士狠狠骂了一句。

"难道你一直在监督我们？这些骷髅也是你布置的吗？"海大富问主持人。

"是啊，不然单靠你们几个小家伙怎么可能抓得住白骑士？还多亏你们是冰冰的朋友，所以白骑士对你们手下留情了。"

白骑士叹了口气，"都怪我大意，中了你们的诡计！主人，我对不起你！"

"到底是怎么回事？"陆军觉得自己的头都大了。

白骑士说："你们还不明白？我其实是你们的好朋友孔绛冰做出的一段病毒程序，孔绛冰就是我的主人，因为这个网络游戏被设计出来是有阴谋的，游戏公司通

过游戏来吸取游戏玩家的精力，并转化成能源售卖牟利。正因为孔绛冰发现了他们的阴谋才会被抓起来，现在我也被抓了，看来挽救玩家的最后希望也没有了。”

主持人挥挥手说：“现在，你们这些反叛分子被一网打尽了，你们去监狱里聊天吧，哈哈！”只见一堆骷髅从墓地里钻了出来，把小家伙们团团围住，虽然他们成了这个游戏的第一高手，但等待他们的生活将比游戏还要恐怖……

难道小家伙们会束手就擒吗？当然不会了。

海大富眼珠一转，计上心来，朗声说道：“我很喜欢这个游戏，简直喜欢得要命！虽然我们是冰冰的朋友，但不代表我们就同意他的做法，他制造病毒来破坏你们的游戏肯定是不对的。我一直想要长大后做个游戏策划师呢，能让我见见你们的主策划吗？”

“你见他干什么？”主持人问。

“崇拜啊！在玩过这个游戏之后，我已经封他为我的偶像了！”海大富说。

“哈，你还是个小追星族呢。”主持人奚落道。

海大富不以为意，继续说：“而且，我想跟他提提这个游戏有哪些不足，如果加以改进，一定会吸引更多孩子来玩儿。”

“真的？”海大富这句话终于打动了主持人，他犹豫了一下，说：“请稍等，我跟鲍比先生联系一下。”

主持人很快转身回来，堆满了笑容对海大富说：“鲍比先生同意见你了，我给你们带路。”

“白骑士，把他也带上吧。”海大富说。

“他可不行，他是我们最大的威胁，鲍比先生说了，要就地解决掉！”主持人摇着脑袋说。

“不行，他还得留着，我想出来的改进游戏的办法还要依靠他呢。”海大富说。

“这样啊……”主持人凝神思索，“那就暂时留着好了。”

“就是，反正他被你们五花大绑，又有重兵看守，跑也跑不了嘛。”陆军在一旁帮腔。

他们说话的工夫，谁都没有注意到小燕子，她悄悄靠近白骑士，并塞了一样东西给他。

白骑士看到那东西，惊异地瞪大了眼睛，小燕子却只是微微一笑，不动声色地回到了海大富和陆军身边。

于是，主持人带着三个小家伙来到了游戏的核心地带——一个叫做基地的地方。

这里到处站着全副武装的士兵，戒备森严。

在其中一间铜墙铁壁般坚固的会客室里，小家伙们终于见到了这个游戏的幕后首脑之一，主策划鲍比先生。

鲍比先生假惺惺地依次跟小家伙们握手，“我很欣赏你们，真的，你们都很有勇气也很聪明，我们开发出这

个游戏就是为了让你们在里面玩儿得开心。而且，跟其他收费游戏不同，你们在里面玩儿，不必付一分钱。”

海大富心说：“虽然没有花钱，但我们花费了宝贵的时间和精力，那比金钱还要值钱！”

“你就是海大富吧，听说你有改进游戏的方案？”鲍比先生探着大脑袋问海大富。

“是，其实就是几条建议，但绝对可以帮你们提升游戏的品质和吸引力，让跟我一样的孩子们都爱上你们的游戏。”

“那可太好了！真的如此，你就可以成为我们的合作伙伴！”鲍比先生眼睛里放射出贪婪的目光。

“成为合作伙伴？可以享受游戏里的特权吗？”海大富假装对特权感兴趣以麻痹眼前这个坏蛋。

鲍比先生果然上当，连连点头说：“当然当然，所有特权你都可以享受呢，快告诉我你的建议吧！”

看对方着急了，海大富越发不紧不慢地说：“能先让我看看我的朋友吗？毕竟我们是为了他，才进入这个游戏的。”

“是冰冰？这个……我可以给你们安排。”鲍比先生说完，按下电铃，叫进一个卫兵，对他说：“你去把冰冰带来！”

过了没一会儿，化身为冰冰的孔绛冰就被两名士兵按着肩膀进了会客室。

海大富和陆军看到朋友无恙，这才长出一口气。

“现在可以说了吗？”鲍比先生还在催促。

海大富呵呵一笑，“嗯，可以说了。第一，你的游戏世界还不够漂亮，我们小孩儿都喜欢颜色鲜艳的环境。第二，我们小孩儿在现实世界里受够了大人们的管束，所以我们喜欢在游戏里能够当家做主，你要下放更多的权利给我们这些玩家，让我们自己管理自己。第三，飞鸽传书时间太慢，游戏里应该有像聊天软件一样快捷的交流手段。第四，装备获取和升级的途径应该更加丰富，打怪、完成任务、捡垃圾、帮助其他玩家……这些都可以获得装备和升级才好玩儿。第五，我们还需要一种游戏里的内挂程序，让我们有机会能够跟更多白骑士这样的侠客成为朋友，让白骑士帮助我们升级并实现游戏里的各种目标。所以，白骑士还不能销毁，你们要好好研究研究这个白骑士。”

“你说得很有道理。”鲍比先生认可了海大富的建议。

“来人哪，就照海大富同学说的去执行。”鲍比先生吩咐手下。

“只是这个内挂程序不太好做。”游戏的另外一个幕后——主程序师皮象征通过会客室里的电视电话说道。

海大富一脸轻松地说：“这个可以交给我，我会编

程。给我一台连接你们游戏终端的电脑，我两下就能搞定。”

“太好了！”鲍比先生兴奋得亲自搬来一台电脑，供海大富使用。

海大富在电脑上噼里啪啦一阵敲击，陆军和小燕子一点儿看不懂，只有孔绛冰的眼睛闪现出不易察觉的光亮。

一顿饭的工夫之后，海大富擦了擦额头上的汗，又活动活动手腕说：“搞完了！”

“真快啊！”鲍比先生露出钦佩的目光，电视电话里的皮象征也点头赞许。

看来坏蛋们是真的把海大富认作合作伙伴了。

可事实上呢？他们马上就要失望了。

就在这间会客室里，海大富刚刚使过的电脑屏幕里忽然出现了一个白骑士，他的身影由虚变实，然后腾的一下从屏幕里跳了出来。

鲍比先生吓了一跳，身子往后缩到了沙发里。

“您好，主人，有什么吩咐？”这个白骑士恭敬有礼地对着海大富说道。

“先帮我把这个肥头大耳满肚子坏水儿的家伙绑起来。”海大富一指鲍比先生。

“干什么？”鲍比先生这时候才感觉不妙，冲着电视电话里的皮象征大喊：“快把海大富刚才写的程序删除

掉！”

“我知道！”屏幕里的皮象征玩儿命似的按下Delete键，“删了。”

海大富不动声色地说：“删就删吧，但是我写的程序已经融入你们的主程序里……”

海大富的话还没有说完，就有卫兵急匆匆跑进会客室报告，“不好了，那个被我们抓住的白骑士使用了什么厉害武器，逃了出去。”

小燕子笑着对朋友们说：“那是我悄悄给他的魔法炸弹，威力十足呢！”

不一会儿，又有卫兵来报，“不好了，不好了，白骑士杀进基地了！”

这时候，从电视电话的大屏幕里可以看到，连皮象征的背后都出现了两个白骑士。

海大富拍拍手，对着鲍比先生和皮象征以及那些惊慌失措的卫兵说：“游戏到此结束，你们的罪行就由法庭来审判吧！”

（完）本结局头衔：任务终结者。

A2 想看

“好啊！”两个男生一齐说，他们正要见识见识这位女厨师的手艺，也不知道游戏里面的大餐能不能吃。

小燕子带他们来到她的高级厨房，所谓高级厨房就是比普通厨房要高级一点点的厨房，里面的炊具都是锃光瓦亮的，一水儿的高档货！

小燕子走到厨房的最里面，掀开一个油布大篷，那下面原来是用青石垒起的两口灶，灶旁条凳上还高耸着七层蒸笼，而锅、铲子、勺子等等厨用工具都在墙上挂着。墙上还贴着一副对联，上联：人是铁；下联：饭是钢；横批：一顿不吃饿得慌！

“看吧，这就是我做饭的地方。”小燕子笑着说，看来她很满意这里的工作环境。

“你做出来的饭菜也是给城主吃的吗？”海大富问。

“当然啦，完成这个任务好前进到下一个地方。”小燕子边说边把炒菜锅搁到灶上。

“新手城的城主到底长什么样子啊？”海大富早就对这个好吃的城主产生了好奇，只可惜一直见不到他老人家。

“牛头！”小燕子把两只手比成六字状竖在自己的头顶上。

“牛头？哈哈哈……”陆军忽然想起了牛粪酒。

“就是一个硕大的牛脑袋！”小燕子说着开始低头生火。

海大富和陆军帮着她把一堆柴火往灶下的火眼儿里捅，旁边还有个鼓风机，小燕子轻轻一扳鼓风机上的开关，那鼓风机就运作起来，风助火势，火借风威，灶下的火很快就旺了起来。

“你要做的菜肴是什么啊？”海大富问。

“萝卜牛腩汤！”小燕子说。

小燕子把一个装满了红萝卜紫萝卜白萝卜的篾竹筐拿过来，转头问：“你们呢？”

“水果奶油大蛋糕！”海大富说。

“那你们就在我这里做好了，我这里炊具全，又安静。”

海大富心想的确是这样，隔壁的厨房是大家公用的，乱哄哄的，刚才一只田鸡从大水锅里蹦出来跳到地上，几个戴了厨师帽的玩家一起逮田鸡，厨房里简直无从下脚。他又环顾了一下整个厨房，做蛋糕的必备炊具的确都有。

既然什么都有，那就热火朝天地开干吧，这不是海大富第一次做蛋糕，他已经轻车熟路了，而且以前在家里的厨房，有妈妈像监工一样盯着很不自由，现在可不一样了，想怎么干就怎么干，地方也大，一米长的大勺子都能抡开了使！

小燕子先把准备好的牛腩过油炒了一下，然后又换上了水锅开始煮牛腩，趁这工夫，她把立在墙边的案板放平，对陆军说：“好啦，该看看你这把菜刀好使不好使了！”

小燕子把那堆红萝卜紫萝卜白萝卜放上了案板，接着把菜刀往空中一抛，然后伸左手接住，紧跟着她就以迅雷不及掩耳的速度，飞快地切起了萝卜，只见刀花飞舞，萝卜满天，好像红砖砌白瓦，又似雪中绽红梅，那菜刀剁萝卜声，清脆响亮……扑哧扑哧，不多时，一堆整齐划一的萝卜片像长城一样码放在了盘子上。

陆军惊叹：“天哪，这是食神降临吗？”

小燕子的小脸微微一红，低头说：“什么食神啊，小厨子而已！”

“菜刀还顺手吗？”陆军一边欣赏那工艺品一样的萝卜一边问。

“嗯，重量合适，刀把不粘手不打滑，刀刃够薄够锋利，符合空气动力学标准……”小燕子每说半句就点下头。

这时候，烤箱里也冒出香气，海大富的大蛋糕也烤得差不多了。

在蛋糕坯子上挤奶油花是陆军最爱干的活儿了，别看他鲁莽，但却有点艺术天分，在学校就时不时在作业本的边边角角上画小人。红的、粉的、黄的、绿的，各色奶油花挤出来，把蛋糕装扮得更加诱人了！

一个小时后，萝卜牛腩汤和奶油大蛋糕总算是做好了！陆军也顾不上烫嘴，端起一碗萝卜牛腩汤就喝，然后高声叫着："好！太好喝了！萝卜入口爽滑，牛腩肉味十足，又去了牛的臊气……"

"要不要再来一碗？"看他喝得这么痛快，小燕子很高兴，抿着嘴笑。

"再来……十碗！"陆军抹着嘴大声说。

"那可不行，剩下的汤还要送去给牛头呢，对了，你不是想见见他吗？不如你当回传菜员好了！"

于是，小燕子端着一大碗萝卜牛腩汤，海大富捧着奶油大蛋糕，陆军走在最后，三人一起来到牛头府外。

牛头府飞檐斗拱，红墙金瓦，非常华丽气派。进入府中，里面青砖铺成的十字甬道连接起四面的房屋，天井里种着高大的枣树，迎面扑来太阳晒热的枣花的气味。已经落下的枣花像一层粉，覆盖着甬道上的青苔，而树影则随着光线在青苔上移动。

突然，前面一个小卒跳出来，叫住了他们，"嘿，干什么的？”

“给城主牛头先生送菜啊。”小燕子不慌不忙边说边把小鼻子朝端着的汤盆一努。

“好香啊，让我先尝尝好吗？”小卒馋得直流口水。

“那可不行！这是给城主的！你敢抢城主的食物？不要脑袋啦？”小燕子翻着白眼说。

小卒被小燕子的话吓得一哆嗦，忙不迭地说：“不敢不敢，你们快进去吧，城主正饿着呢！但是我要检查一下你们身上有没有带武器。”

“这是为什么？”陆军不解地问。

“因为最近杀手比较多！好多人都觊觎城主的位置。杀手的实力都很强，你有空看看杀手排行榜就知道啦！因此城主加强了这里的保卫工作，身为他的亲兵，我不得不这样做，请你理解我的工作，等你们送完食物出来我再把武器还给你们。”

大家不想难为这个小卒，都把身上的武器交了出来。

总算进了城主的屋子，只见屋里正中坐着一人，背冲着门。

小燕子咳嗽一声，拱手说：“城主，我们是新手厨房的厨师，给您送吃的来啦！”

那人原来就是城主，他慢慢把身子转过来，只见他脑袋硕大如斗，没有脖子，牛鼻子朝天歪歪着，最可笑的

是他还削了眼袋，画了眼线，涂了红脸蛋和红嘴唇！

怕城主生气，陆军和海大富都使劲儿憋着没有笑出声。可这时候，那牛头却放了个大大的响屁，两个小男孩儿再也忍不住，哈哈大笑起来。

“笑什么笑啊……没听过牛放屁啊！本大人闻到好吃的东西就会放屁，你们应该感到荣幸才对。”

“是，我们非常荣幸。”三个小家伙一齐说，这回是一本正经的语气。

牛头城主这才和颜悦色地端起小燕子做的萝卜牛腩汤喝了一大口，咂咂嘴巴，又咬了一块海大富做的水果奶油大蛋糕。

三个小家伙都盯着牛头的长嘴看。

牛头似乎吃得很满意，几秒钟的工夫，一大碗汤就被喝了个底儿朝天，蛋糕也被他舔得一滴奶油都没有剩下。牛头的嘴巴还在吧唧着，一副意犹未尽的样子。

“太好吃了，真想把你们都留下来给我当御厨！给我当御厨的好处大大的！有的是金币让你们挣！”

“我们还有其他事情呢！”陆军赶紧说，现在可不是享福的时候，孔绛冰还在牢房里受罪呢！必须分秒必争！

“知道啦，我给你们出个谜语，如果猜出来我马上就给你们发通行证。”

小家伙们只好洗耳恭听，等牛头出谜语。

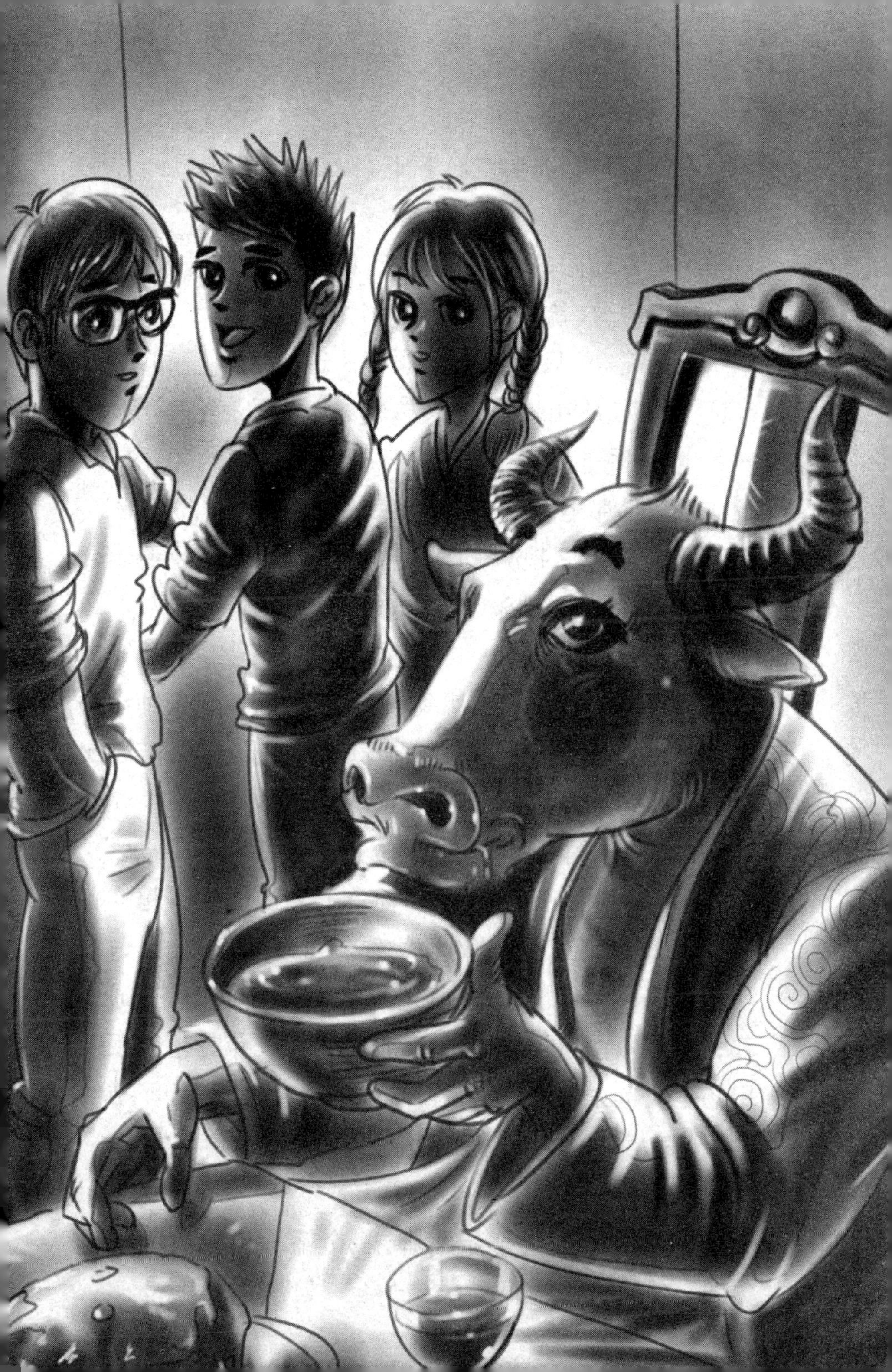

牛头的谜语是：空心萝卜，实心竹，分别打两样吃的东西。

小燕子和陆军都猜不出来，但这难不倒海大富，他那眼珠子一转，就说出了谜底。

牛头无奈，只好给他们颁发了通行证，可气的是通行证上的章是用他的舌头按下去的，都是哈喇子，脏死了！

从亲兵那里拿回武器，小家伙们就离开了牛头府。

海大富现在十分担心孔绛冰的安危，就问小燕子有什么快捷的方法赶路。

小燕子爽快地说："我带你们去找交通工具！"

两个男生怎么也没想到，小燕子会带他们来到动物园，游戏世界里的动物园跟真正的动物园一样，一进园子就能闻到各种动物混合的腥臭味。

陆军捏着鼻子问："这就是你说的交通工具吗？"

小燕子指着动物园里那一个个黑铁栅栏围起的兽笼说："当然啦。这里的动物你们可以随意挑一只，最好是挑那种跑得快的，被挑选到的动物既可以做交通工具，也算是你们的宠物，甚至在跟敌人战斗时也能派上用场。我也去挑啦，咱们在动物园门口会合。"为了节约时间，海大富和陆军也在这里分开行动。

海大富看到一个指路牌，一个箭头指向大型动物区，另外一个箭头指向飞行动物区。

他会如何选择？

B1 飞行动物区

会飞的交通工具应该会更快捷吧？海大富这样想着就来到了飞行动物区。会飞的动物还真不少，有老鹰，红嘴鸥，啼血杜鹃……忽然，一个庞大的鸟巢建筑引起了海大富的注意。在奥运会期间，海大富去北京看过鸟巢，那时候，他就对这样的建筑非常喜爱，这次又在动物园里看到，自然要多看两眼。他扒在鸟巢的窗口往里一瞅，乖乖，里面正躺着一只大翼龙，翼龙那红色的肉膜双翼铺开来就仿若两面旌旗。

海大富曾经玩儿过少年组的单人驾驶滑翔机，虽然比成人组的飞行高度要低很多，但也让海大富兴奋得好几晚上都在回味那次飞行而导致失眠。

如果骑上翼龙，那感觉该有多棒啊！海大富满心期待着。

尽管价格不菲，要付出3万块钱游戏金币的代价，海大富还是打算把这只翼龙买下来。

给饲养员付完了钱，海大富刚要去拉翼龙脖子上的缰绳，没想到翼龙却突然把脖子一扭，巨大的力量从缰绳上传递过来，一下子把海大富甩出五米多远，摔在一个干草垛里。

翼龙鼻孔里喷着白气说：“想要让我驮你，除非你回答我一个问题。”

“好吧，你问。”海大富心想你早点儿说我就不用摔一跤了！

翼龙问：“你说我们翼龙是像鸟儿那样飞翔的吗？”

这个问题难不倒海大富，他曾经看过一大本有关恐龙的书，轻松地作出解答。

翼龙对海大富的回答很满意，这才同意给海大富当交通工具。

就这样，海大富骑着翼龙飞回到动物园门口。

可就在这时候，动物园的门口似乎发生了骚乱，很多动物都跑了出去，大门也被撞坏，售票处和门岗都被掀倒在地。

一大群武装士兵跑过来抓逃跑的动物。动物园的守卫大呼小叫，乱了方寸。

海大富驾驭着翼龙飞到守卫头顶上方，向他询问到底发生了什么事情。

“听说来了奸细！巡逻兵都来了。”守卫说。

“奸细！”忽然，一个巡逻兵指着海大富大叫起来。

“我不是奸细。”海大富在翼龙上摆手，他这一摆，翼龙也扇起了翅膀，一股劲风吹下来，把那个巡逻兵刮了一跟头。

“好哇，还敢袭警！你真是吃了熊心豹子胆！”巡逻兵从地上爬起来，破口大骂，举起手中的一杆长枪就朝海大富打。

海大富急忙往回拉缰绳，砰的一声，子弹从翼龙脚下划过。

海大富本来想表现一下临危不惧的气势，可这子弹一出膛，海大富也有点儿发蒙，要知道子弹可不长眼，打在身上还不得多出一个血窟窿啊！防具店里倒是有卖防弹衣的，可惜之前他没有想到。

翼龙没有发蒙，而是发怒！刚才那一枪差点儿打中它！

翼龙咆哮了一声，来了个迅猛的俯冲，这一次，一排巡逻兵全部被刮倒，而且是一个挨一个地倒，就像是在玩儿多米诺骨牌。

接着，又有一大群动物冲了出来，它们像山洪倾泻一样奔跑，那些倒霉的巡逻兵免不了又被踩上无数脚，等动物们跑过去，他们一个个都快成贴在地上的照片了！

翼龙现在发了疯一样在空中飞翔，海大富逐渐感到有点儿吃不消了，一不小心，他从翼龙身上摔了下来。

“不……”海大富大叫着跌到地上，摔得实在是太狼狈了，更要命的是一只庞大的猛犸象朝他身上踩过来。

海大富还想躲，但却躲不开。还没有见到孔绛冰，海大富演绎的游戏角色却率先遭遇了严重的踩踏事件，体力归零，游戏要从头来过了。

（完）本结局头衔：踩踏者。

B2 大型动物区

海大富一个人来到了大型动物区，刚在马厩外面站好，就听一阵地动山摇，只见远处一阵尘土飞扬，走近了才看清，是一只巨大的猛犸象向他奔袭过来，那气势比搞工程的推土机还猛！

要不是海大富危急时刻手撑栏杆跳进了马厩，一定被这猛犸象踩成肉饼啦！

海大富刚喘了口气，就见从猛犸象跑来的方向又跑过来一个人，咦，那不是陆军吗？

“喂，站住！”陆军冲淹没在尘土中继续奔驰的猛犸象大喊。

路过海大富身边时，陆军说：“你躲什么啊？它过来你怎么不帮我拦住它？它可是我刚花钱从动物园买来的宠物。”

“我也得拦得住啊！！”海大富心想自己没变成肉饼已经是万幸了，不然现在陆军找人说话都找不到。

陆军还真有眼力，一挑就挑了猛犸象这样的庞然大物当宠物！或许他还想找霸王龙呢。

不过这只猛犸象看起来不太服它的新主人，要不怎么到处乱跑呢。

海大富说："我有办法帮你制伏它，咱们分头追。"

于是，海大富跟陆军两个左右包抄，围住了猛犸象。

然后，海大富从道具栏里找到一串鞭炮拿出来放，噼里啪啦的声音让猛犸象吓了一跳，这回它可老实了。

陆军有了坐骑，跟着海大富重又来到马厩，原来刚才海大富就看中了一匹一身黑鬃、四蹄雪白的高头大马。它的耳朵还在转来转去，似乎正感知着周遭发生的事情。

精灵小绿介绍说："这匹马名为踏雪寻梅，是日行八百里的大宛名驹！"

"踏雪寻梅？好名字！"海大富捋捋马的背鬃，它就仰颈长嘶起来，声音悦耳，气度不凡，果然是匹好马！

两个男孩子骑上各自挑选的宠物来到动物园门口，看到小燕子也挑好了一头很温顺的小毛驴。

到底是女孩子，不会像男孩子一样挑这种高大生猛的动物。

小燕子挺喜欢跟海大富和陆军一起玩儿，当然，他们还有更重要的使命，但小燕子偏要跟在他们后面，两个男孩子也拿她没辙。而且，他们有点儿想念他们的好朋友"小辣椒"田七七了，有小燕子在，他们会觉得田七七就在身边。

旅途是辛苦的，路上还要打那些突然蹿到面前的小

怪物，这就是游戏里的规则，不断磨炼自己从而变得更加强大。

这天，他们路过一个酒楼，正好大家的肚子都饿了，他们就把各自的宠物拴在酒楼门口的柱子上，登上了酒楼的二层。

大家跟店小二要了饭菜，正吃着，对面一个穿黑色魔法斗篷、帽子把脸都遮住的人引起了陆军的注意。

“看到了吗？对面那个人，好像是魔法师啊！”陆军小声跟同伴说。

在小家伙们看他的同时，那个魔法师打扮的人也在往这边看。

那真是个奇怪的家伙，一直喝酒，却不吃菜，桌上摆得满满的菜竟然一筷子也没动，他的眼睛藏在斗篷帽子里，射出来的目光冷冷的，透着杀气。

忽然，一个酒杯从对面桌子飞了过来，陆军急忙一侧头，酒杯才没有砸到他。

“你干吗？”陆军气得跳起来，大嚷。

“看你们不顺眼，想要跟你们PK！”那个魔法师冷冷地说。

“PK？”陆军眨眨眼睛，他的英文成绩一直在60分上下徘徊，所以不明白PK是什么意思。

精灵小黄在陆军耳边解释说，PK就是玩家之间的对决。

刚刚掷过来的酒杯就是一个开战的信号，海大富和小燕子都站起来准备帮忙，陆军却用手在背后一摆，大声说道：“不用你们帮忙，我一个人就够，省得人家说咱们以多欺少！”

“好！那咱们就一对一比试比试！”魔法师说着一抬手，手中顿时多了一根金光闪闪的蛇形魔法杖。

“我叫蛇头，是个黑魔法师，正好让你领教一下我的魔法菜肴功！”魔法师自报家门。

“来吧！我张大了嘴巴等着呢！”陆军真的张大了嘴巴。

蛇头所说的魔法菜肴不是一道菜那么简单，而是一种强大的魔法攻击手段。

只听那张桌子上一阵噼里啪啦的响，那是菜碟菜碗相撞的声音。然后所有菜肴都飘了起来，离桌面足有一米来高，晃晃悠悠的，却不掉落。接着，蛇头把手中的魔法杖高高擎了起来，在天空中画了半个弧。随着这道弧线，那些盛了菜的盘子和碗也都旋转了起来，越转越快。

“玩飞碟啊？”陆军一边叫，一边使用武器切换装置，这时他的双手已经各持了一把方天锤，这是他前不久刚在武器店更换的武器。那锤子似重千斤，颤巍巍发出低鸣。在这个游戏中，这种会叫唤的武器最为厉害，有时光靠声势就能将敌人打败，就好像当年张飞在当阳

桥上一声吼,吓退曹操百万兵。

战斗开始,背景音乐响起,震撼人心,小燕子情不自禁跳起了霹雳舞,缺乏音乐细胞的海大富只好一动不动,坐壁上观。

陆军把大锤使劲儿一抡向蛇头砸去,可惜速度慢了点儿,这一下竟然砸空,酒楼地板上顿时凹下去一个大坑。

那蛇头瞅准机会,数盘菜肴飞到,红烧丸子好像着了火的石头,避风塘菜则像是碧绿的利箭。

陆军急忙背过身去,当当当当几声,菜盘砸到他背后的塔盾之上。

“再来!”蛇头将魔法杖舞动,那一盘接着一盘的好菜瞬时飞向陆军。

“吃不了啦!太浪费啦!”陆军挥锤柄隔开菜盘。

“再来!”蛇头更不迟疑,桌子上空的菜轮番向陆军攻来,这回飞来的是春饼合菜盖帽,原料采用的是瘦肉丝、粉丝、青韭、菠菜、鸡蛋、掐菜,肉丝炒至变色,加料酒、盐,放菠菜、粉丝、掐菜略炒,最后放韭菜,加味精,淋点儿花椒油,摊个蛋饼盖在合菜上。这道菜可厉害了,因为有了韭菜,所以陆军的盾甲魔防性能被降低。

陆军奋力把方天锤舞得风雨不透,边挡边退,嘴里依旧不闲着,大喊:“太浪费了,这么好的菜自己吃吧!农民伯伯很辛苦,谁知盘中餐,粒粒……”还没说完,胸

前已经着了一个蛋饼，“－30”从陆军受伤之处飘出来，这在游戏中是体力减少的表示。

海大富在一旁看得明白，这魔法菜肴属于远距离攻击魔法，威力可不含糊，陆军使用的都是重武器，要近身肉搏才能占到便宜，于是大叫：“陆军，到他身前打！”

“我跟你拼了！”陆军更换武器，拿了速度稍快的单手大剑，想要挤过飞来的菜肴，近身和那魔法师肉搏，但是大剑的魔防又太差，自己流了不少血可就是攻不过去。

“宠物也可以在战场上被召唤出来参与战斗的！”小燕子忽然提醒说。

“对啊，差点忘记了！”海大富一拍巴掌，然后冲着焦头烂额的陆军大喊：“快，快把你的宠物猛犸象召唤出来。”

陆军这才被点醒，一边挥剑抵挡那一盘盘香喷喷但又颇具魔法威力的菜肴，一边念动宠物召唤咒语。

很快，一阵黄沙在酒楼上吹了起来，风沙掀翻了几张桌子，楼板也刮起了两三条，只见一只猛犸象龇着钢牙、卷着长鼻在黄沙刮起处现身。

“库吃库吃况且况且呜……库吃库吃况且况且呜……”猛犸象用鼻子哼鸣着像火车一样呼啸而至。

看到这庞然大物，蛇头吃了一惊，手上的动作也跟着迟缓了，那一拨儿魔法菜肴就出现了破绽，陆军人猿泰山似的一声长啸，飞身上了象背，双腿一夹，那猛犸象就山崩海啸一般向着魔法师冲去。

战场上的猛犸象似乎显得更加凶猛，那长长的象牙仿佛化成了两把尖刀，笔直地朝着魔法师的胸口扎去。蛇头忙用魔法杖挡隔，当的一声，金星直冒，“－52”从他身上飘出来。

“接招吧！”陆军在猛犸象背上大叫着，挥动手中大剑，劈头盖脸地砍下。这一剑势大力沉，倘若砍到，势必要让那魔法师有得受！

就在这电光火石之间，魔法师突然爆出一个大光球，霎时酒楼上一片耀眼白光，连小燕子和海大富都被晃晕，眼睛火辣辣地痛。

等大家再次睁开眼睛，魔法师蛇头已经消失得无影无踪，只剩下陆军和猛犸象在那里欢呼雀跃。

“太棒了，虽然让这狡猾的家伙使魔法爆光雷逃掉了，但我又升级啦，哈哈！”陆军从猛犸象上跳下来，倒着念一遍召唤咒语，让猛犸象又回到酒楼楼下。

“恭喜，恭喜！”海大富和小燕子上前祝贺陆军。在游戏中每一次升级都会得到更强大的攻击力和防御力，这样也使得危机四伏的旅途变得更加激动人心。现在的陆军已经是三个孩子里战斗力最高的一个了。

不过，这场战斗把陆军累得够戗，他顾不上得意就开始狼吞虎咽地吃起了桌子上的美味佳肴，刚才战斗中

还有几盘魔法菜肴剩在桌子上,战斗结束,这些魔法菜肴也变成了真正可口的菜,可以吃。

一阵啪啪啪啪翅膀扇动的声音引起了大家的注意,只见一只雪白的鸽子停在了紧挨酒桌的窗棂上。

“是信鸽!”陆军一边嚼着卤煮蛋一边说。

“飞鸽传书!”海大富也反应过来,忙从信鸽的脚下拿出一个装信的小竹筒。

小竹筒里的信上写着

“我收到了你们的信,谢谢你们能来救我。前天晚上,我偷听到典狱长的话,要想打开牢门,除了用典狱长的钥匙外就是要获得狼王宝石。”

信的落款正是孔绛冰。

“可是……要怎样获得狼王宝石呢?”海大富犯了愁。

陆军说:“询问一下我们的小精灵试试吧。”

精灵小绿、小黄却都在摇头,看来这属于秘密情报。

“我知道!”小燕子忽然说。

“哦?你居然知道?快告诉我们。”

“要去野狼谷完成百狼斩,狼王就会出现,然后打败狼王就能获得狼王宝石了。”

“百狼斩?天哪,那……是不是意味着要杀一百头狼啊?”陆军放下筷子,他已经顾不上吃东西了。

小燕子严肃地点点头。

要去野狼谷吗？

C1 不去

杀一百头狼，光想想就头大了，那一百头狼会乖乖站在原地不动让你随便斩杀吗？肯定不会啦！再加上还有什么狼王，这简直是不可能完成的任务嘛！

“咱们还是去黑色牢房，到那里见机行事，实在不行，咱们就偷典狱长的钥匙。”海大富说。

决议之后，三个人几乎是马不停蹄地赶到了黑色牢房。

牢房外面没有一个人，大门还是大敞着的，大家救孔绛冰心切，自然是长驱直入。

突然，从牢房天花板上拍下来一块巨大的钉板。大家忙往边上躲，险些被拍到。

“哈哈哈……”随着一阵恣意的笑声，三个巨大的白色怪物和一群身穿绿色制服、头戴大檐儿帽的人从钉板后面跑了出来。

小家伙们身后突然又是咣当一声响，一道铁栅栏门

落了下来，上面有一把锁，锁孔是个不规则的洞。小燕子叫道：“哎呀，这个洞的外形跟狼王宝石的形状一模一样，可惜咱们没有宝石，出不去啦！”

前有敌人，后无退路，现在大家都挺后悔，早知道就先去打狼王了！

海大富还算沉着，他叫陆军和小燕子守住左右两边，让敌人无法立即攻过来，然后高声对着敌人喊道：“你们是谁？是你们把孔绛冰关起来的吗？”

“你说的是那个桀骜不驯的叫冰冰的小子吧？”中间那个白色怪物开口说：“他企图破坏我们的游戏，自然就要受到我们游戏管理员的惩罚，他就关在这里，可惜你们没有钥匙！你们是来救他的？真是自不量力啊！不过来得也好……你们马上就要和他做伴了！哈哈哈……”难听的笑声再次响起。

海大富堵着耳朵说：“你不要小看我们。”心下却犯愁，该怎么逃出去呢？

“不要再打什么鬼主意了，你们的时间根本不够用，马上，全世界玩儿这个游戏的孩子们都会成为我们的精神奴隶！！哈哈哈……”白色怪物们离开了牢房，只留下那串可怕的笑声还在里面回荡。

第二天，正像游戏里的白色怪物说的那样，全世界玩儿这个游戏的孩子们都变成了这个游戏的精神奴隶，他们不吃不喝，把充满青春活力的精神源源不断输送到了游戏世界中。当然，他们在游戏里玩儿得很开心，可是在现实世界中，他们只剩下一具毫无情感、麻木不仁的躯壳！

（完）本结局头衔：精神奴隶。

C2 去

为了救朋友,小家伙们只好去野狼谷冒险了。海大富清点了一下盘缠,有5万块,干脆都买了最棒的武器和铠甲,还有补充血值和魔法值的草药。小燕子很仗义,她要跟这两个男孩子一起去野狼谷杀狼,人多力量大嘛,多一个人就多一份成功的把握。

在精灵小黄和小绿的带领下,大家沿着奔淌的山涧逆流而上,来到了一个山谷,这里开了许多金色的雏菊花,还有紫色的小朵蔷薇,山坡上则是一片碧绿的草,谷中的风很清爽,吹在皮肤上很清凉,偶尔还能听到一两声山鸟的鸣啼,如此和平之景,丝毫也没有狼的杀气。小燕子又说,一定要把剑插到石头里狼群才会出现。

陆军深深吸了口这醉人的谷中空气,然后大踏步地走到一块突兀的山石前,那块山石倚着山壁,表面上有淡淡的青苔,还有一条十字形的缝隙。

陆军从后背的剑鞘里拔出了一把绿色长剑,往那山石的缝隙里插去,真是严丝合缝,那剑插进去,直没至剑柄。

山石明显是感到了有个外来物插在身上,它好像活了一样晃动起来,紧接着,整个山谷都开始震颤了。

这时候，狼的杀气从山谷中的各个地方蔓延出来。

“互相帮着点儿啊，别光顾着自己！注意保护同伴。”海大富叮嘱说。

陆军和小燕子点点头，两人都拿出了武器。

陆军刚要召唤猛犸象，小燕子却说：“在这里不能使用宠物助战，只能靠咱们自己的力量！”

“那真是太可惜了！我的猛犸象没机会逞威风了。”陆军只好作罢。

一片阴云笼上了山谷，天色黯淡下来。

“怎么狼群还不出现？”陆军等得有点儿不耐烦了。暴风雨来临之前总是最让人憋闷的时刻。

“那不是来了？”海大富指着远处山坡上一个影影绰绰的黑色物体说。

那黑色物体离远了看好像是块山石，可是它却在动，咕噜一下就滚下了山坡，陆军这才看清楚，那真的是一头狼，一头两米高的大灰狼！

大灰狼的耳朵警惕地转向小家伙们站立的山涧旁，嘴巴慢慢张大，露出里面血红色的腔肉和森森白亮的利齿。

突然，大灰狼飞速地冲过来，舌头同时伸了出来，还不经意地舔了一下它的上腭，好像把小家伙们看做了它的一顿美餐。

陆军见大灰狼扑到跟前，不等它再有动作，长剑已经出了手，正好划在了大灰狼的脖子上。

海大富还来不及为陆军叫好，刚才那只大灰狼滚下的山坡处突然又有五只狼探出了头，它们一个个凶狠异常，嗷嗷几声叫唤之后，五只狼一齐冲了下来。

“来得好！”陆军大喝一声，挥舞着另外一件武器——方天锤砸了过去，一锤就把一只头狼砸成了薄片，可是后面那四只狼拍马杀到，不等陆军的巨锤再次举起，就咬向他的手腕，扑哧扑哧，“－90”从陆军的手腕处飘出。

小燕子和海大富实际上已经赶过去相助了，只是狼的速度太快，这才让陆军受了伤，他们一人两只把那四只狼也各劈成两半。

海大富叫陆军赶紧加血，却听身后的小燕子一声惨叫，忙一回头，只见小燕子的小腿肚子上正趴着一头小狼，那狼虽小，但下嘴可是够狠，它再次张嘴，幸好小燕子手中菜刀一挥，将小狼砍飞。

这时，那大片雏菊花丛中又冒出数个狼头，其中两只耷拉着耳朵的狼飞蹿过来，八只利爪直奔陆军胸前抓来，陆军忙把长剑斜劈出去，一条大斜线划开两狼的肩膀，紧接着反向又一斜劈，后面跟过来的两只狼也被撕成两半。

还有五只！这回陆军使出浑身力道，照准五狼的面门横劈过去，剑口瞬间吞噬了五狼！

就在陆军杀这几只狼的工夫，海大富和小燕子那边也合力干掉了八只狼。

战斗越来越激烈，过了一会儿，忽然传出海大富呼救的声音，只见他身后跟了20只黑狼崽，这群黑狼崽似乎并不想就这么轻易地干掉他，只是跟他玩起老鹰捉小鸡的游戏，海大富拼命在前面跑，那一长串狼在后面追，好像开火车似的一个跟一个。

“大熊猫，你要坚持住！国宝怎么能被这些小狼崽欺负呢？”陆军大呼小叫地跑了过去，追在20只黑狼崽后面就是一通猛砸，好像在玩儿砸地鼠游戏，可怜那些黑狼崽还没反应过来，就一个个成了狼肉饼。

海大富得空补充体力，陆军又去帮小燕子，她正被七只瘦弱的老狼围困，那几只老狼看来许久未曾进食了，肚子像泄气的皮球一样瘪了进去。可越是饿极了的狼，也就越凶恶，一只老狼龇着牙撞向小燕子，把她撞了一个跟头，她仰面倒在那里，剩下的狼一拥而上，马上就把她淹没了。

“小燕子，小燕子！”陆军大叫着一脚踹开一只老狼，又手起剑落，劈翻两只饿晕了的狼，再看小燕子，“－50”、“－60”、“－70”掉血的数据不断地从她身上飘出来，她身上已经满是血痕，伤痕累累。

陆军赶紧用刀护住小燕子，一不留神，被一只歪毛老狼挥动尾巴把他的脚卷了起来，然后它向后一跃，陆军就被它带倒，手中的锤和剑也差点儿被磕掉。

小燕子还没有完全失去战斗力，她躺在地上，趁机用手里的剑一捅，终于把那只歪毛老狼刺死。

老狼一死，陆军的脚得以脱出它的尾巴，就地一滚，躲过了三只红狼的钢爪，却被另一只狡猾的短毛狼候了个正着，原来它早就趴在那里了，陆军这回说什么也躲不过了，胳膊上被它狠狠咬了一口，“－146”从他的伤口处飘了出来。陆军忍着痛，挥了一刀，大概是胳膊受伤的缘故，这一刀竟然偏了些许，只砍掉它半个耳朵，让它逃了。

就在陆军手撑蔷薇草地刚要站起来的时候，又有两只紫狼扑到，他只好伸脚去踢，好不容易踢开它们，耳后又是一阵风响，他来不及回头就一个前滚翻滚出数米，这才转身，惊魂未定地看着面前这一群流着长长口水的狼。它们一只只三角眼朝陆军射来贪婪而凶狠的目光，可怕的是……不但它们的嘴里，就连它们的背脊上都长着长长的锋利的狼牙。

突突突突，一团狼牙激射而至，陆军奋力挥动刀剑舞成一个风车，才把根根狼牙一一挡开，原来那二三十只如刺在脊的狼都会发射狼牙，那是远距离攻击的武器，再加上它们的数目多，一时令陆军难以招架。

好在小燕子也有暗器，可以进行远距离攻击，她80多把飞刀飞出去，狼群里顿时一片大乱。

在雨点儿般的飞刀和狼牙之中，空谷上方又响起闷闷的炸雷，这一场恶斗直杀得是天昏地暗，人仰狼翻。

不知过了多长时间，海大富已经趴在地上，呼呼地喘气。陆军背后的塔盾上也挂了不知几只死狼皮，他也不是不嫌沉，只是战事太过激烈，根本没有时间去清理。小燕子则一边抽空喝补充体力的血瓶，一边把菜刀抄起来护住身体，那姿势十足是灶台边的厨师。

忽然，又有生力军杀到，这四只狼清一色的毛皮光鲜，应该说长得都很帅，大概也是狼群里的精英之师。它们四个不像其他狼那样没有章法地乱战，而是很有战术素养，没有轻易扑过来，而是统一的脚步，统一的眼神，围着三个小家伙打转，寻找着最佳战机。

小燕子先放出了四把飞刀，探探它们的虚实，这也是她身上最后四把飞刀了，飞刀嗖地飞到它们身前，四只狼不慌不忙，又是整齐划一的一个挥爪动作，那四把飞刀全被弹开，一齐插在旁边的金色雏菊地里。几片雏菊花瓣被飞刀削掉，落在草地里，又被谷风刮起，打着旋儿飞在空中，金光点点。

四只狼又走了几步，突然停下了步子，狼头僵直不动，眼睛却虎视眈眈地看着陆军手里的方天锤和大剑。

陆军也鼓起勇气向着四只狼步步进逼，突然陆军手中的锤和剑一齐出手，砸中带刺，刺中带砍，砍中带劈，劈中带划……剑涌锤翻之处，四只精英狼也是晃牙相

隔，举爪相迎。

陆军打起十二分的精神，眼观六路耳听八方，上一剑，下一锤，左一拳，右一脚，这一次厮杀又是三四十个回合，才把这最后四只狼消灭干净。

大家清点战场，刚刚好杀了一百只狼，完成了百狼斩。

小燕子叹息道："幸好是在游戏世界中，杀的都是虚拟的狼，不然咱们的罪过就大了！"海大富点头同意，"没错，狼也是要保护的动物。"

小家伙们匆匆吃下药草和血瓶补充体力，此时大家都不敢掉以轻心，因为马上就要迎接狼王的挑战了。

他们刚歇息了没一会儿的工夫，"呜……"凄厉的叫声忽然从小家伙们身后传来。

狼王来了！正所谓未见其形先闻其声，听这声音就能推断出这狼王的个头小不了！

果然，当小家伙们回头一看时，都吓得呆住了。

这狼王居然是一只三米高的双头巨狼！暗红色的巨舌耷拉得老长，都快拖到地面上了。血红的眼睛里射出闪电一样的凶光，被它目光扫到的青草立马变得枯萎焦黑。

"小黑豹"陆军第一个冲了上去，嘴里还气势汹汹地叫着："你长得很违章！我劝你不要上路！你的长相突破了人类对于丑八怪的想象！"

狼王被陆军的话激怒了，嗷的一声扑了过去，一爪子就把陆军的长剑和巨锤同时扇飞。

陆军立马就傻眼了，没有了武器，总不能空手套白狼吧？

狼王两只带毛的前脚爪往前一挥，扑倒了陆军，随后抬爪往他身上踏去。

这一爪下去脊背一定会被踩断的，陆军忙向边上侧身一滚，好险！狼王的脚爪只是擦了下他的铠甲。

这时候，海大富和小燕子两人已经绕到了狼王的背后。

他们俩刚刚设计了一个小战术，两人一左一右绊住狼王的双脚，嘭，狼王应声倒地。

陆军正好捡回了长剑，照准狼王其中一个脑袋奋力一斩。

当啷！狼王的头一摆，用狼牙生生把这一剑挡开。

但是，它身后又有两把剑砍了下来，而且，海大富还在剑上施展了增强攻击力的魔法，这一招叫旋风剑，两把剑裹着两股旋风，力道惊人。

咔！狼王的一个脑袋被砍了下来。

陆军跟上一剑，不等狼王反应过来，另外一个脑袋也骨碌碌滚到了一边。

“漂亮！”海大富、陆军、小燕子三人相互击掌。

狼王的身躯也在此时轰的一下消失了，只留下一颗

红色的宝石在地上。

“狼王宝石！”海大富赶紧把宝石捡起来收到道具栏里。

离开了野狼谷，现在他们距离黑色牢房越来越近了。

经过一阵急行军，他们来到了在地图上标记为植物迷宫的地方，既然是迷宫就一定不会让游戏玩家轻易通过，可这又是前往黑色牢房的必经之路，想要绕过去是不可能的。

小燕子说她听别的玩家说起过这个迷宫，迷宫是高大的树丛围起来的，里面有树精和各种丛林怪，所以要特别小心，谁也不知道哪棵是树，哪棵是有攻击力的树精。

陆军忙说：“那大家最好手拉手，起码不会有人走失了！”其实，陆军是想拉小燕子的手，自从喝了小燕子做的萝卜牛腩汤，陆军就偷偷喜欢上这个小女孩儿了。

不管陆军的想法有没有私心，至少他这个提议得到了海大富和小燕子的支持。另外两个孩子可不像陆军想得这么多。

于是，三人手拉着手走进了植物迷宫。

迷宫里丛生着许多高大的植物，道路就夹在这些植物之间，道路弯弯曲曲，一眼望不到尽头。

走不多远，道路就会出现岔口，有时候是三岔口，有

时候是两岔口，岔路口多了走哪条路就成为一个问题。

“有谁知道走出迷宫的路线吗？”陆军已经厌倦了迷宫里错综复杂的道路，现在唯一让他有点儿动力的就是他拉着小燕子的那只手。

“不知道！头痛啊！”小燕子揉了揉太阳穴，一副很伤脑筋的样子。

“对迷宫我倒是有点儿研究。”海大富忽然说。

“那你怎么不早说！”陆军埋怨道。

“早说就没有意思了，我那个办法是土办法，但非常有效，就是走的路线有点儿单调无聊。”

海大富把他的办法说出来，陆军和小燕子也觉得枯燥了点儿，还可能会绕远，但的确可以最终走出迷宫。

在游戏中，每当走入可能随时发生战斗的地界就会有一种很激昂的背景音乐响起，此时就是这样，铿锵的音乐从冬青树丛后面飘出来。

三个小家伙急忙做好战斗准备，穿上盔甲，拿起武器，由于迷宫里面的道路狭窄，根据游戏规则，他们的宠物是不能跟进来的，当然，宠物会被自动传送到迷宫出口的位置，等他们从迷宫出来的时候就能和宠物会合。

冬青树丛葱茏惹眼，这迷宫虽然黑暗，但是每棵冬青树下都有一盏探灯，打出亮黄色的光芒。

大家小心翼翼地贴着迷宫的右边墙壁，已经行进了一个多小时。

突然一个声音响起来,“站住!”只见路中间冒出一根树桩,树桩上的年轮就是它的脸,它的眉毛呈倒八字,一副愤怒的样子。

小家伙们倒是早有心理准备,知道这迷宫不会只是走路那么简单。

“我们只想借过。”海大富客气地说。

“借过没问题,但你们打扰了我老人家的美梦,我老人家很不爽!”树桩说。

“切!你这么年轻就称自己是老人家,真不害臊!”陆军把手指放在脸蛋上做了个没羞没臊的手势。

树桩立马羞红了脸,只好给小家伙们让出道路。

再往前走,从树丛里又跳出来三只戴红帽子的小精灵,它们摇晃着脑袋嘎嘎嘎笑个不停。

“瞧它们笑得像不像鸭子?”小燕子说完还撑开双臂矮着身子扭着屁股学起鸭子走路。

“像,真像!”陆军随声附和。

红帽子小精灵就像患上了多动症,边笑边跳,快活得不得了!

海大富没有说话,他在认真观察这三个小精灵,它们的红帽子能够自己在头顶上旋转,就像消防车的警灯。

就在这时候,小精灵们突然发动了进攻,挥舞着铁拳就朝小燕子和陆军的头顶打去。

“哎哟！哎哟！”两个小家伙不约而同地叫唤起来，他们俩的头顶上都被打出两个大包，摸一摸还挺疼。

“嘎嘎嘎……”小精灵却开心地大笑，眼睛都笑成了一条缝。

海大富灵机一动，想出一个主意，“喂，小精灵，你们想不想看变戏法？”

小精灵都是好玩儿的家伙，一听有戏法看忙围到海大富的跟前，唧唧喳喳地催促海大富快点儿变戏法。

海大富露出一副有点儿为难的表情说：“唉……我想给大家变个特别棒的……帽子戏法，可惜啊……”

“可惜什么？”小精灵着急地问。

“可惜没有帽子！”

“这好办，我们有，一人一顶，一共三顶，多了就没有！”

“那就把你们的帽子统统借给我用吧。”海大富说。

“当然可以。”三个小精灵把自己头上的红帽子摘下来给了海大富。

海大富把这三顶红帽子叠在一起放到地上，说：“好了，我的戏法已经开始了，现在你们就等在这里，过上一个小时的时间，你们中一个人的头顶上就会自动出现这些帽子。”

“真的？这简直太神奇了！”脑袋上光秃秃的小精灵们都兴奋起来。

“那当然啦，不过，你们千万别动，一动戏法就不灵了。”海大富又叮嘱说。

“放心，我们肯定不动。”

“对，就算巨人树精来了我们也不动。”

小家伙们趁机摆脱了小精灵，继续在迷宫中前进。

前方不再是单调的冬青丛，而是出现了姹紫嫣红的玫瑰，玫瑰的馥郁芳香比陈年的美酒还要醉人。

小燕子有点儿花粉过敏，她不停地打着喷嚏。

突然，一朵高大艳丽的食人花拔地而起，巨大的花盘里吐出猩红的长舌头。

三个小家伙吓得不轻，手里的武器也被那条花盘中伸出来的长舌头一下子卷走了。

这朵食人花看起来胃口蛮大的，哈喇子不停地从花盘里流出来，好像倾盆大雨。

陆军想起自己家里就养过一盆跟这朵食人花很像的牡丹，不禁越发地脚发软手发麻。

海大富一时也想不出对付食人花的好办法。

眼看食人花要再次用它的长舌头卷人，危急关头，小燕子突然跳出来大叫，“看我的独门秘籍喷嚏魔法！”

原来，小燕子这个人物特有的技能——喷嚏魔法借助花粉能发挥出更大的威力。

她一个喷嚏打出去，食人花摇了一摇。

她第二个喷嚏打出去，食人花的花瓣就刮飞了

数片。

她第三个喷嚏打出去，食人花就被彻底吹得无影无踪了。

“OK，阿……嚏！搞定！”小燕子利索地掸掸鼻头上落下的花粉。

“小燕子，你好厉害啊，简直就是女中豪杰！不过，下次你打喷嚏一定要提前告诉我。”陆军真心诚意地夸奖道。

眼看迷宫的出口就在眼前，大家加快了脚步，可是，一阵旋风刮起来，又有什么东西突然出现在小家伙们面前。

“哼，想骗我们没有那么容易！你变的魔术就是骗人的玩意儿！”小精灵张牙舞爪，露出凶悍的模样。

海大富不想再跟它们纠缠，一把抓过它们仨头顶上的红帽子再往空中一抛，然后拉起同伴们就往出口方向跑。

趁小精灵去抓红帽子的工夫，三个小家伙已经跑出了迷宫。

迷宫外面就是黑色山谷，而关押孔绛冰的黑色牢房就在山谷里，这天已经是海大富跟陆军进入游戏世界的第28天，也就是说，还有两天孔绛冰就要被处决了。

大家分别骑上各自的宠物，一起向谷中快速进发。

黑色牢房就在眼前了，它的样子很像一个乌龟壳，没有想象中那样壁垒森严，至少，从牢房的外面看不到一个看守。

海大富知道牢房里面会很危险，他不忍心再让小燕子跟着他和陆军一起去冒险，就对小燕子说：“你还是在外面等我们吧。”

小燕子却不以为然地说：“这牢房也没有那么可怕，我还想进去参观参观呢。”

陆军笑着说：“就是，都到门口了还不参观参观？让她一个人在外面我还不放心呢。”

“真拿你们没办法！”海大富摇摇头，只好同意。

接下来，三个小家伙把宠物收好，慢慢靠近牢房的入口。

在游戏世界中，现在的时间已经接近傍晚，小家伙们耐心等待夜幕降临，这样他们带着孔绛冰逃出来的时候就可以借助夜幕的掩护，不容易被逮到。

漆黑的夜幕终于降临了，小家伙们蹲着身子挪到牢房的入口处。

牢房的大门并没有上锁，陆军轻轻一推，门就开了。

三个小家伙侧身进了牢房，里面是一条很长的通道，幽黄色的壁灯镶嵌在墙壁上，显得有点儿诡异。最令小家伙们奇怪的是，这里居然没有一个看守。或许，他们集体去吃饭了？

不管那么多了！小家伙们开始挨间牢房查找，看孔绛冰是不是关在里面。

孔绛冰没有找到，小燕子却忽然发出一声惊呼。

“怎么啦？”自从进了黑色牢房，陆军的一半注意力就都放在了小燕子的身上，听到她的惊叫，他第一个就跑了过来。

“这里……这里关的是我姐姐！”小燕子低声说，看到姐姐披头散发地关在冷冰冰的铁栅栏里，小燕子难过得掉下了眼泪。

“别哭啊，如果是你姐姐，我们就想办法把她救出来！”陆军安慰小燕子，同时双手握住了铁栅栏门，只是门上了锁，根本就拉不开，铁栅栏也很结实。

这时，海大富也走过来，问明了缘故就对牢房里小燕子的姐姐说：“你怎么会被关到这里的？”

“我也不知道，我在游戏里面玩儿得好好的，忽然来了一群穿白色制服的巡逻兵问我认不认识冰冰，我说认识，他们就把我抓到这监牢里啦。”小燕子的姐姐说。虽然一看就是被关了很久，但她还保持着理智，不但自己没哭，还安慰着拥有自由身的妹妹。

“不管怎样，趁卫兵不在，我们先把你救出来。”海大富边说边拿出了狼王宝石，可是，该怎么用这块宝石打开牢门呢？

海大富仔细观察了牢门，很快就知道了使用宝石的

方法。

狼王宝石果然发挥了作用，嘎吱一声，牢门自动弹开。

小燕子姐妹两人抱在一起，痛哭流涕，那场面感动得海大富和陆军也抱作了一团。

不知过了多久，两姐妹才分开来，小燕子抹了抹眼泪，跟姐姐说："这两个男孩儿都是我在路上遇到的好朋友，他们的本事可大了，他们是来救朋友的。对了，姐姐，除了你之外，还有其他人关在牢房里吗？"

"我们都是冰冰的朋友，冰冰是不是关在这里啊？"海大富跟着问道。

"有个男孩子本来关在我的隔壁，就在你们来之前不久他被转移到另外一个地方去了。可我不知道他是不是冰冰，因为他被蒙住了脸，也不能说话。"小燕子的姐姐说。

"这可麻烦了！"陆军着急得直跺脚。

"不过，他给我留下了一封信，要我记住一句话，说这句话非常重要。"

"什么话？"海大富忙问。

"白骑士总在湖上漫步。"

"没有别的啦？"

"没有了。"

海大富使劲儿琢磨这句话，这是孔绛冰留给大家的希望，或许，这也是营救孔绛冰的关键！

“咱们一定要找到白骑士！”海大富坚定地说。

“可是要去哪里找呢？”陆军问。

“湖上。”海大富又转头对小燕子说：“你们姐妹俩总算重逢了，现在，也到了咱们分别的时候……”

“不，你们帮我救出了姐姐，但你们的朋友还没有找到呢！我和姐姐都会帮你们的！你不知道，我的姐姐可是非常厉害的疗伤及冰冻魔法师，在战斗中可以靠疗伤魔法最大限度地帮同伴补充体力，又能用冰冻魔法攻击敌人。”小燕子说。

小燕子的姐姐也说：“我看出你们都是好人，既然我的妹妹愿意帮助你们，我也愿意。”

此时此刻，就在这黑暗的牢房中，一股友情的力量在闪闪发光。

出了黑色牢房，海大富就叫出精灵小绿，问它附近哪里有湖。

小绿说出了湖的位置，并扑扇着翅膀带路，于是大家纷纷骑上宠物跟了上去。

这个湖没有名字，它是《英雄宝贝》网络游戏里唯一的湖泊，在黑色牢房正东方五公里的位置。

这样的距离对于小家伙们所骑乘的那几只能奔善跑的宠物来说并不遥远。

当小家伙们跟着精灵小绿来到湖边的时候，湖水

上方正泛起一层雾霾，视野五米以外的地方就模糊一片了。

在白色的雾霾里面找到白骑士是非常困难的。

但海大富坚持要立即寻找，因为谁也不知道雾霾什么时候能散去，而距离孔绛冰被处决的时间已经很近了。

“现在有个问题……”海大富为难地说。

“什么问题？说出来，我们一起帮你想办法。”小燕子说。

“孔绛冰留下的那句话说白骑士总在湖上漫步，这说明白骑士不是骑了会飞行的宠物就是有什么轻功或是能在水面上行走的魔法，可咱们都不会，这里又没有船，咱们的宠物也不会踏水，该怎么在湖上通行呢？”

陆军说：“咱们就绕着湖边走吧。”

海大富摇摇头，“不行啊，湖这么大，能见度又这么低，湖中间的大部分区域都搜索不到，万一白骑士就在湖中心漫步，咱们岂不是白费力气？”

小燕子的姐姐忽然微微一笑说：“要在湖上走也不是一件很难的事情嘛！”

小燕子也笑着说：“多亏你们当初没有把我跟姐姐赶走。”

“你是说……”

“我姐姐用冰冻魔法让湖面结冰，咱们就可以在冰面上行走了。”

这就叫天无绝人之路，好人总是有好报的。

小燕子的姐姐深吸了一口气，开始从手指尖释放出蓝白相间的冰魔法粒子，这些小颗粒一触碰到湖水就瞬间让湖水的表面结了厚厚一层冰。

陆军试着用脚踩一踩又跺一跺，冰很结实，不会破裂。

甚至当陆军的坐骑猛犸象踏上冰面的时候，也像踏在实地上一样。

因为怕走失，大家都聚在一起，偌大个湖，不是一时半会儿能转遍的，所以大家索性静下心来仔细搜寻。

“白骑士……白骑士……”大家边找边喊，到最后，他们的嗓子都喊哑了，可还是坚持着。

忽然，湖面上响起了一阵嗒嗒的马蹄声。

大家循声望去，只见一个浑身雪白的欧洲中世纪骑士打扮的人骑着一匹白马跑了过来。

他一定就是白骑士了。

“你就是白骑士？”海大富问。

骑士点点头。

“太好了，总算找到你了！”海大富松了口气。

“其实我早看到你们了！”白骑士在马背上正襟危坐，一副盛气凌人的样子。

海大富跟陆军都是头一回见到真正的骑士，尤其是

陆军，他对骑士这一职业可神往了，如果他生活在欧洲中世纪，一定会成为一名出色的小骑士。

但是很快，陆军就发觉这个骑士只是个见习骑上，还不能算是真正的骑士。

“看来你还没有立下足够的战功，向你的上级请求剪去燕尾啊，祝你早日升级成真正的骑士。”陆军说。

白骑士的脸微微一红，却没有回应陆军的话。

“那你为什么不早点儿出来，让我们找得这样辛苦呢？”小燕子有点儿不高兴地说。

“我是在试探你们的诚意，在如此大的雾里寻找一名白衣骑士并不简单，你们不知道，这大雾就是我释放出来的。”白骑士说。

“这么说，您还是一名本领高强的魔法骑士？”海大富仰头问，白骑士本来就长得高大，再坐在这匹高头大马身上，就像一座高山，也就是陆军的猛犸象能跟他平起平坐。

“不完全是。准确地说，我是这个游戏里面神秘的……”白骑士说到这里欲言又止，顿了顿才接着说：“既然你们知道我的存在，那么你们一定是我家主人的朋友啦！”

“你家主人是谁？该不会是孔绛冰吧？”陆军问。

“正是他，是孔绛冰把我制造出来的。”白骑士看了看四周，然后压低声音说：“我其实是电脑病毒！”

“电脑病毒！”海大富惊讶地张大嘴巴，他平常很喜欢玩儿电脑，而最令他心烦和讨厌的就是各种各样的电脑病毒。

“小点声！”白骑士连忙提醒说：“如果让游戏世界里的巡逻兵听到就麻烦了！”

“巡逻兵？那是干什么的？”陆军压低了声音问。

“是游戏制造者开发的警察程序，确切地说，巡逻兵是在维护游戏世界的秩序，而病毒正是要反抗他们。”

接下来，白骑士把整个事件的缘由从头娓娓道来。

原来，孔绛冰在玩儿《英雄宝贝》这个网络游戏时，偶然发现了游戏公司企图利用这个游戏控制玩家的阴谋。他们在游戏中设置了重重陷阱，一旦玩家陷入其中就难以自拔，再也摆脱不了这个游戏，不但玩家的金钱为游戏公司所获，玩家的精力也被整个游戏吸取并转化成某种能量。

然后，游戏公司再把这种以人的精力为主要成分的能量块加工成产品卖到全球市场中牟取巨额利润。而玩家牺牲了所有，变得精神委靡，形同行尸走肉。可以说，他们还在喘气，还在吃饭，却已经跟死人没什么区别了。

其实，少数聪明的玩家像孔绛冰一样，发现了游戏幕后的阴谋，他们想要反抗，但是无奈，游戏世界里的巡逻兵太过强大，而且这些玩家又不够团结，被巡逻兵个个击破抓了起来，身陷囹圄的他们在现实世界中也无法表达和求救，就这样，游戏公司的阴谋得以继续进行。

孔绛冰是个电脑天才，他一边继续在游戏中探索（因为这个游戏的确把握住了玩家心理，制作得画面华丽、人物生动、关卡任务紧张、刺激，能吸引玩家一直玩下去），一边开始研制一种叫做白骑士的病毒，病毒做出的白骑士就像一个活生生的玩家，然而他又不是玩家，这样就有效地避免了他的精神力被游戏公司所吸收和控制。此外，白骑士可以不断自我升级，强大到连巡逻兵都拿他没有办法。

可惜，孔绛冰最大的缺点就是太自傲了，太过相信依靠他自己一个人的力量就能把问题解决。他不知道，在调查的过程中，他已经引起了游戏公司的密切关注，最终，他中了一个圈套，被巡逻兵逮捕抓到了黑色牢房里。要不是陆军和海大富去了孔绛冰的家，恐怕永远也不会有人发现这个秘密了。

“真是黑白颠倒了！”陆军听完白骑士的叙述感叹道：“病毒是好人，而整个游戏程序却是大坏蛋！”

“唉，孔绛冰已经被人转移了，咱们该去哪里救他呢？”海大富望着白骑士，现在唯一能指望的就是白骑士了。

“嘿嘿，我知道他去了哪里，不过，单靠我一个人是不能救他出来的，我需要你们的智慧来帮我进入那个带

咒语的牢门。”白骑士说。

白骑士带着小家伙们来到了白色牢房外面，它就在正对黑色牢房的地方。

只见牢房最外面的大门上贴着一个大字“诧”，根据这个提示要说出一条成语，说对了，字就会消失，大门也会打开。

海大富眼珠一转，想出了这条成语。

门刷地打开了，突然从里面蹿出来一个一身蓝衣的机器人，手里还拿着一把冲锋枪。“什么人？敢闯牢房？”机器人边说边闪着警灯一样的眼睛。

“这是高级巡逻兵。你们靠边，我来对付他！”白骑士说完从马鞍上摘下一根长矛，一矛就刺在了机器人的胸口，只见那里立马破开一个洞，露出里面的电路板，咔嚓一声闪了下蓝光，机器人就倒地不动了。

白骑士生来就是巡逻兵的克星，所以消灭这些巡逻兵对他来说就是小菜一碟。

继续往前走，又有几个巡逻兵跳出来，都被白骑士轻松搞定。

最后，大家来到了白色牢房的最深处。

“有点儿不对劲。”海大富警惕地看着四周，感觉危机四伏。

大家下一步如何行动?

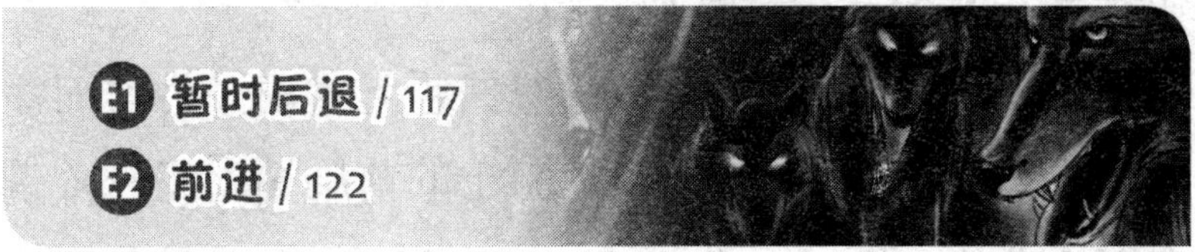

E1 暂时后退

大家小心翼翼地往后退去，这时候好像地震一样，周围的墙壁和脚下的地面都裂出巨大的缝隙，头顶上方也开始往下掉渣土和碎石。

猛犸象受到了惊吓，长长的鼻子呜呜地吹起了哀号。

突然，从前方传出来一个声音，“大家快跑！这里有陷阱！”那声音陆军非常熟悉，正是孔绛冰发出来的。

“主人，我来救你了！”白骑士大喊一声，催动战马嗖地向前奔去，但是他没冲多远，就被一块巨大的石头砸中，摔下马来。

小家伙们要赶过去相助，从旁边却伸出来一支长矛，拦住了大家。

原来那长矛握在一个黑骑士的手里。

黑骑士在马上笑着说：“那个跟我们作对的小子能造出白骑士，但游戏统治者也能造出我——黑骑士！这

个世界终归还是属于我们的！你们这些捣蛋鬼就永远永远地待在游戏世界里吧……”

黑骑士的话还没有说完，忽然脸上露出了古怪而痛苦的神色，然后大家就看到黑骑士的前胸钻出了一个带血的矛头。

原来白骑士转身回来救大家了。

大家正要为白骑士一击制胜而欢呼，在白骑士的身后忽然出现了一个面目狰狞有着八只铁脚的机械蜘蛛（游戏里的怪物真是层出不穷，游戏美工的美术创意也是令孩子们叹为观止），它虎视眈眈地盯着白骑士的脖子，然后张开了它那张丑陋而恐怖的大嘴。

陆军指着白骑士的身后，想要提醒他身后有敌人，但是嘴巴刚刚张开来，一看到蜘蛛鼓暴欲出的眼球，竟吓得发不出声音。

白骑士总算从陆军的动作和表情里发现了危机就在身后，但来不及回身，只好双腿狠狠一夹马身，想要让白马往前纵，但是，蜘蛛的大嘴也在这时候咬下来，就听咔嚓一声，白骑士的头没有了。

“不！”小家伙们齐声惨叫着。叫声中，他们全部被机械蜘蛛吐出的丝网捆了个结结实实，动弹不得。

孩子们被抓进了基地，这里是《英雄宝贝》的核心地带。他们终于见到了孔绛冰，只可惜大家都身陷囹圄，谁也救不了谁了。

孔绛冰小声说："大家别灰心，白骑士不会这么轻易被打败……"

"可是我眼瞅着他的脑袋都被咬掉啦。"陆军一说起来还在打哆嗦。

"这是我为白骑士设计的金蝉脱壳之计，只有在最最危险的时刻才能使用，脑袋掉了只是给敌人以假象，实际上，他的身体里还藏着一个备用的脑袋！"孔绛冰说。

"天哪，听着好神奇。"陆军眨眨眼睛。

"你们别忘记了，他实际上只是一段计算机程序，他一定会来救咱们的。"

孔绛冰这么一说，大家才算稍稍放心。

几个小时之后，大家正在打盹儿，忽然几个巡逻兵拿着哗啦作响的铁索把小家伙们一个个绑在一起，并拉着他们离开了基地监牢。

"这是去哪儿啊？"陆军问。

一个脸色苍白的巡逻兵凶巴巴地说："去刑场！你们马上就要被绞死啦！"

小燕子急得哭起来，小燕子的姐姐沉默不语，海大富安慰了她们两句，自己也沮丧地低下头，只有孔绛冰高昂着头，大步走在最前面。

刑场到了，看着手腕粗的绞索，大家都倒吸了口凉气。

陆军想学一学江姐赴刑场的坚贞不屈，他大声说："12年后，我又是一个好少年！"话说到最后几个字，却有点儿变调。

眼看行刑官就要下命令了，突然，海大富发现了一件怪事，除了他们几个囚犯之外，其他人的动作都变得缓慢了，本来一秒钟就可以完成的动作被分割成了十秒钟来完成。

"准……备……上……套……索！"行刑官这一句话足足说了一分钟。

"还不快走？"一个声音在刑场门口响起来。

那不是白骑士吗？大家忙挣脱铁索朝白骑士跑了过去。

"他们以为我死了，对我放松了警惕，却没有想到我跟着你们来到基地，通过渗入修改核心程序，我已经把整个游戏世界里的时间全部放慢了，只有咱们几个人的速度是快的，就好像那种游戏外挂程序——加速齿轮一样。"白骑士解释。

于是，在游戏世界的其他人眼中，这几个小家伙成了超人，他们的速度就像闪电。

那些巡逻兵再不是小家伙们的对手，小家伙们干掉了所有游戏中的所谓执法者，解救了千千万万玩儿这个游戏的孩子们。

现在，大家可以安然回到现实世界里了，他们要把

《英雄宝贝》的阴谋公之于众。

陆军还在询问小燕子在现实中的身份，但是小燕子却含糊其辞地摇头，被问急了，她才对陆军说：“你在刑场上的表现可不令人满意啊。”

“这还不满意？我可是刑场上的英雄啊！”

（完）本结局头衔：刑场英雄。

E2 前进

突然，大家脚下的地面晃动起来，并开始往下塌陷，不用说，这里是陷阱！！

白骑士的坐骑白马掉了下去，幸好他及时取下长矛横搭在地面上，长矛的长度刚好宽过陷阱的宽度，于是，白骑士就架在了空中，紧跟着，就像体操运动员一样，他做了个高难度的单杠动作，让身子飞出了陷阱。

可是，海大富、陆军、小燕子和她的姐姐就没有这么好的身手，笔直地跌落下去。就在这时，白骑士拔出腰间的佩剑，在空中画了个十字，时间好像就在这刹那间静止了，小家伙们都停在了半空中。

“快上来，我的时间暂停魔法只能发挥一分钟的作用。”白骑士说着用长矛把大家一一拉了上来。

逃离了这个陷阱之后，白骑士要大家提高警惕，不知道还会有什么更危险的机关在等待他们。

大家步步为营，终于在白色牢房最里面的一间囚室里找到了奄奄一息的孔绛冰。幸好小燕子身上还带有食物，赶紧给他补充了体力。

有气无力的孔绛冰看到熟悉的伙伴，喃喃说道：“咱们得快点儿离开这里！”

孔绛冰的话音刚落，小家伙们身后突然站起来几个高大的黑色怪物，它们的样貌实在太丑陋，让人看一眼就会做噩梦，它们很快就把小家伙们围了个水泄不通，哇啦哇啦地怪叫着。

“请说普通话好吗？我们听不懂你们在说什么。”陆军拔出利剑挡在胸前，高声叫着。

这时，一个黑色怪物的胸口洞开，从里面弹出一个带围栏的平台，上面还站着一个卷发年轻人。

他手里拿着个大喇叭冲小家伙们喊：“投降吧，你们这些破坏游戏秩序的黑客！”

孔绛冰低声说：“这些藏在怪物身体中的人就是游戏幕后的制造者，他们还颠倒黑白，明明他们才是黑客，我们是白客！”这也正是孔绛冰给白骑士命名的原因。

“不投降，你们快点儿更改程序，不然我的病毒程序也会把你们的游戏程序毁掉的！”孔绛冰雄赳赳地大喊，丝毫不示弱。

那些游戏幕后的制造者还要靠这个游戏发财，他们才不会轻易放弃。他们哇啦哇啦地骂着脏话，然后突然发动了黑色怪物，向小家伙们偷袭过来。

白骑士早有准备，嘴巴一下子张大，吐出了一堆小白骑士，他们就像一群疯狂的蚂蚁，朝黑色怪物身上扑去。这就是病毒的绝技之一，自我分裂，白我复制！

海大富、陆军、小燕子和她的姐姐也都拿起了武器，

招呼宠物一齐跟这些黑色怪物厮杀起来。

虽然那些人是游戏的设计者，但只要在游戏中行动就不能不遵守游戏的法则，大家就像普通的玩家PK一般打斗起来。

如此一来，海大富等人之前的练级就发挥出了效用，尤其是陆军，他的级别非常高，而且他跟他的宠物猛犸象已经配合得天衣无缝，人象合一了！那几个黑色怪物只要进了陆军的攻击范围之内就绝对讨不到便宜，几个回合下来被杀得人仰马翻。

另外一边，那群小白骑士也钻进了黑色怪物们的身体里，怪物们起初还能上蹿下跳拼命挣扎，最后却像泄了气的皮球，一下子瘫软在地上。

最后只剩下载着卷发年轻人的黑色怪物，白骑士纵马过去，跟怪物单挑，一长矛便将卷发年轻人从平台上挑下来，再用双手牢牢抓住。

硝烟慢慢散去，这一场战斗小家伙们大获全胜。

陆军开心地从猛犸象上高高跃起来，却不小心按到收回宠物的按钮，猛犸象一下子消失，陆军刚好落地摔了个屁股蹲儿，疼得哇哇直叫。

海大富和孔绛冰没顾上夸他或是安慰他，两人正专心审问卷发年轻人。

原来他就是《英雄宝贝》这个网络游戏的主程序师皮象征。

皮象征还在狡辩，"你们别怨我，我也是拿人钱财与人消灾，真正想出这种法子害人赚钱的是游戏的主策划兼公司总经理鲍比先生。"

"那么他在哪里？"

"在公司总部——英雄大厦！"

海大富觉得好笑，一群衣冠禽兽黑心肠的IT黑客竟然在英雄大厦里办公，真辱没了英雄的名号！

"在游戏里能找到他吗？"

"他很少进入游戏的，认为玩儿游戏只是浪费时间……不过，他在游戏里的身份是魔法师，昵称是蛇头。"

"是他啊！"陆军想起自己还跟那个蛇头在酒楼上打斗过。

海大富生气地说："你们自己都知道玩儿游戏会浪费时间，却又制作了这个游戏来浪费成千上万个孩子的时间！这些时间可以看多少本书，踢多少场球啊！"

"这还不算，你们还吸取他们的精神力，让他们变得委靡不振，好像植物人一样！"陆军也边揉屁股边加入了对这款游戏的幕后组织的控诉！

皮象征被质问得哑口无言，满脸通红。

"你现在悔过还不晚。"白骑士把长矛顶在皮象征的胸口，"快说，怎么才能彻底毁灭这个游戏，让所有游戏玩家的精神能够重新回到现实中去？"

这个问题非常重要，不然海大富、陆军、孔绛冰、小燕子乃至所有的玩家都要永远地待在这个游戏世界中了。

“只有一个办法……”皮象征真心想悔过，“但必须要里应外合才可以。”

“什么叫里应外合？”

“就是说一方面，你们要在游戏中去捣毁基地，这是游戏程序的核心地带；另外一方面，必须在现实世界中登录到我们的总部系统中获取实时密码，这个密码是进入核心地带的唯一钥匙。”皮象征顿了顿说：“如果你们信任我，可以放我回去，现在只有我们这些游戏制造者可以自由往返于游戏世界和现实世界。”

海大富跟孔绛冰对视了一眼，觉得还是不能完全信任这家伙。他们必须要找到现实世界中的人来当帮手了。

“田七七！”陆军率先叫出这个名字。

是啊，小探险家们怎么能忘记这个曾经一起出生入死的好伙伴呢？更何况，还是这样一个令男生都有点儿怕怕的麻辣女生。

现在的问题是该如何通知到田七七。

孔绛冰已经跟白骑士心灵相通了，他正思索着这个问题，白骑士忽然拍着胸脯说：“这件事情就交给我好了！只要告诉我她的电子邮件地址，我就能把消息发送

给她。”

在网络游戏里神通广大的白骑士可以说是无所不能，发一封电子邮件自然是小意思。

再说现实世界中的田七七，她这些天可真是急坏了，她去过好几次少年探险俱乐部的据点——女娲树洞，同伴都不在，也未给她留下任何信息，他们去哪里了？

田七七有每天收电子邮件的好习惯，吃过晚饭，她便打开电脑登录信箱，查看有没有新邮件。

“叮！”邮箱里果然弹出一封新邮件。

田七七一看是封匿名邮件，本想直接删除，但她很快就把这封邮件和伙伴们的失踪联系起来。

“万一是海大富他们发的呢……”田七七把邮件打开。

邮件里的文字呈现在眼前。这封信正是白骑士发的，之所以要匿名，是怕《英雄宝贝》的游戏程序员们追踪到这封信，毕竟白骑士是借助游戏里的邮件系统来发信的。

田七七越看越心惊，虽然从邮件中无法了解得那么详细，但她知道现在自己必须赶快行动。

她打开网页浏览器，输入了邮件中的网址，很快，网页打开了，这个网页很怪异，空白一片，只在最顶端显示了一行红色的小字和一个输入框。

小字是：登录密码是一个谜底，谜面是良田，提示：谜底必须为离合字。

离合字是一种出谜方式，谜底由两个以上的“子字”和一个“母字”组成，子字凑在一起成为母字，子字和母字组合起来，共扣谜面。例如：谜面：鹦鹉学舌（离合字），谜底：会人云。

这条谜语可难不倒田七七，她快速输入了三个字。于是，网页又进入到下一个页面。

这里便是开发《英雄宝贝》网络游戏的迷魂公司总部系统的页面，上面的实时密码是20以内的质数。

田七七把答案用电子邮件回复给白骑士。

这边，白骑士已经带着大家来到了游戏世界内的基地。

基地门口有许多黑色怪物，大家一齐动手，经过一番奋战杀出一条血路。

密码很快就会被再次更改，所以大家都顾不上杀敌，直接冲到基地的巨大电脑前面。

小家伙们在后面阻挡敌人，白骑士则飞快地敲击键盘，让病毒控制住电脑的外围程序，然后输入田七七传来的质数密码。

最后，白骑士按下了回车键，成功与否就在此一举了。紧跟着，就听一阵警笛长鸣，基地所有的红灯都亮了起来。“警报……警报……30秒后，基地将自我毁

灭……”喇叭里传出电子合成的声音。

“成功啦！快，基地马上就要爆炸了，你们都出去，我留在这里阻止剩下的黑色怪物。”白骑士说着大手一挥，又冲向了基地里那些乱作一团的巡逻兵和黑色怪物。

情势紧迫，顾不上多想，大家拼力向基地外面冲去。

就在他们刚刚到达基地的大门口那一瞬间，身后轰的一声，电脑爆炸了，脚下的大地也震动起来，陆军眼睁睁地看着自己的坐骑猛犸象忽然间消失了，他转头看海大富，还好，海大富就在他身后，但他的马也不见了，硝烟弥漫，什么都看不见了……

当海大富、陆军和孔绛冰恢复神志的时候，发觉自己已经身在孔绛冰的卧室里，那三台电脑都开着，屏幕上却显示着一堆乱码。

“少爷们醒了？有客人来啦。”杜爷爷从卧室门口探进脑袋说。

“谁啊？”孔绛冰刚问了一句就看到田七七笑眯眯地从杜爷爷身后走出来。

“这么大的事又不叫我！看我怎么惩罚你们！”田七七手里拿着红辣椒冲了进来。

“我们错了……下次一定第一个通知你！”海大富和陆军赶紧求饶。

“好吧，这次就饶了你们！你们一定都饿了吧？”田七七转头朝杜爷爷递去一个眼神。

杜爷爷会意，按了按铃铛，一辆摆满丰盛食物的餐车就推进了房间。

四个小探险家一起享用了这顿美味大餐作为庆祝。

两天后，位于英雄大厦的游戏公司被警察查封了，除了那个叫鲍比的漏网之鱼，其他幕后策划人和游戏制作人都被警方逮捕。

由于游戏在警方存证之后被销毁，白骑士也永远地消失了。

看到陆军和海大富沮丧的表情，孔绛冰笑着说，“我还可以用程序再做一个白骑士，一个更强大的白骑士！”

至于小燕子和她的姐姐也是下落不明，小家伙们还想让小燕子姐妹两个加入他们的探险俱乐部呢！人海茫茫，或许什么时候，他们能在现实中相遇吧。

（完）本结局头衔：白骑士。

图书在版编目（CIP）数据

网游危机 / 杨翊著. —北京：中国社会出版社，2011.2
（分支游戏大冒险）
ISBN 978-7-5087-3463-7

I.①网⋯　II.①杨⋯　III.①故事—作品集—中国—当代
IV. ①I247.8

中国版本图书馆CIP数据核字（2010）第251560号

丛 书 名： 分支游戏大冒险
书　　名： 网游危机
著　　者： 杨　翊
策划编辑： 侯　钰
责任编辑： 孙武斌

出版发行： 中国社会出版社　　**邮政编码：** 100032
通联方法： 北京市西城区二龙路甲33号
编辑部：（010）66081078
邮购部：（010）66060275
销售部：（010）66080360　66063678
（010）66051698　传　真：（010）66080880
网　　址： www.shcbs.com.cn
经　　销： 各地新华书店

印刷装订： 北京京海印刷厂
开　　本： 145mm × 210mm　1/32
印　　张： 4.375
字　　数： 63千字
版　　次： 2011年2月第1版
印　　次： 2014年3月第2次印刷
定　　价： 13.50元